COLLECTION FOLIO

D0628844

Patrick Modiano

De si braves garçons

Gallimard

Patrick Modiano est né en 1945 à Boulogne-Billancourt. Il a fait ses études à Annecy et à Paris. Il a publié son premier roman, *La place de l'étoile*, en 1968. Il a reçu le prix Goncourt en 1978 pour *Rue des boutiques obscures*.

Auteur d'une dizaine de romans et de recueils de nouvelles, il a aussi écrit des entretiens avec Emmanuel Berl, et, en collaboration avec Louis Malle, le scénario de *Lacombe Lucien*.

En 1996, Patrick Modiano a reçu le Grand Prix National des Lettres pour l'ensemble de son œuvre.

Pour Rudy
Pour Simone

... Un si brave garçon!

TOURGUÉNIEV
Le Pré Béjine

I

Une large allée de graviers montait en pente douce jusqu'au Château. Mais tout de suite, sur votre droite, devant le bungalow de l'infirmerie, vous vous étonniez, la première fois, de ce mât blanc au sommet duquel flottait un drapeau français. A ce mât, chaque matin, l'un d'entre nous hissait les couleurs après que M. Jeanschmidt eut lancé l'ordre :

— Sections, garde-à-vous !

Le drapeau s'élevait lentement. M. Jeanschmidt lui aussi s'était mis au garde-à-vous. Sa voix grave rompait le silence.

— Repos... Demi-tour gauche... En avant marche !

Au pas cadencé, nous longions la grande allée, jusqu'au Château.

Je crois que M. Jeanschmidt voulait nous habituer, nous qui étions des enfants du hasard et de nulle part, aux bienfaits d'une discipline et au réconfort d'une patrie. Le onze novembre, nous participions aux cérémonies du village. Nous nous rassemblions, en rangs, sur l'esplanade du Château, tous vêtus d'un blazer bleu marine et d'une cravate de tricot de la même couleur. « Pedro » Jeanschmidt — nous surnommions notre directeur : Pedro — donnait le signal du départ. Nous descendions l'allée, au pas cadencé, Pedro ouvrant la marche, suivi des élèves par ordre de taille décroissante. En tête de chaque classe, les trois plus grands : l'un portait une gerbe de fleurs, l'autre le drapeau français, le troisième la bannière de notre école, bleu nuit à triangle d'or. La plupart de mes camarades ont ainsi rempli leur office de porte-drapeaux : Etchevarietta, Charell, Mc Fowles, Desoto, Newman, Karvé, Moncef el Okbi, Corcuera, Archibald, Firouz, Monterey, Cœmtzopoulos qui était moitié grec, moitié éthiopien... Nous franchissions le portail puis le vieux pont de pierre sur la Bièvre. Devant la mairie du village qui avait été jadis la demeure du teinturier Oberkampf, sa statue en bronze verdi se dressait sur un socle de marbre et il nous regardait défiler d'un œil creux. Ensuite, le passage à niveau. Quand il était fermé et que la sonnerie annonçait un train, nous restions immobiles, au garde-à-vous. La barrière se levait en grinçant et Pedro avait un geste brusque du bras, tel un guide de montagne. Nous reprenions notre marche. Le long de la rue principale du village, des enfants, sur le trottoir, nous applaudissaient comme si nous étions des soldats d'une légion étrangère. Nous allions rejoindre les anciens combattants, massés sur la place de l'église. Pedro, d'un ordre sec, nous faisait mettre de nouveau au garde-à-vous. Et chaque élève, porteur d'une gerbe, venait la déposer au pied du monument aux Morts.

*

Le collège de Valvert occupait l'ancienne propriété d'un certain Valvert qui fut l'ami du comte d'Artois et l'accompagna dans l'Emigration. Plus tard, officier de l'armée russe, il mourut à la bataille d'Austerlitz en luttant contre ses compatriotes dans l'uniforme du régiment Izmaïlovsky. De lui, il ne demeurait que le nom et, au fond du parc, une colonnade de marbre rose à moitié écroulée...

Mes camarades et moi, nous avons été élevés sous le patronage mélancolique de cet homme et peut-être quelques-uns d'entre nous, sans même le savoir, en gardent-ils encore la marque.

*

La maison de Pedro était située au début de l'allée, en retrait, du côté opposé au mât et à l'infirmerie. Cette chaumière aux couleurs vernies évoquait pour nous la demeure de Blanche-Neige et des Sept Nains. Un parterre à l'anglaise impeccablement entretenu par Pedro lui-même la bordait.

Il ne me reçut qu'une seule fois chez lui, le soir de ma fugue. J'avais erré de longues heures dans le quartier des Champs-Elysées, à la recherche de quelque chose, avant de me résoudre à rentrer au collège. Le surveillant de l'étude m'avait dit que Pedro m'attendait.

Les meubles brillant d'encaustique, le dallage, les faïences, les fenêtres à petits carreaux teintés étaient ceux d'un intérieur hollandais. Une seule lampe éclairait la pièce. Pedro était assis derrière un bureau haute époque, en bois foncé. Il fumait la pipe.

— Pourquoi vous vous êtes enfui cet après-midi ? Vous êtes malheureux ici ?

La question m'avait surpris.

— Non... Pas vraiment malheureux.

— Je passe l'éponge. Mais je vous prive de sortie.

Nous étions restés quelques minutes tous les deux, face à face, dans le silence, Pedro soufflant pensivement la fumée de sa pipe. Il me raccompagna jusqu'à la porte.

— Ne recommencez plus.

Il fixa sur moi un regard triste et affectueux.

— Si vous avez envie de parler, venez me voir. Je ne veux pas que vous soyez malheureux.

J'avais marché le long de l'allée, en direction du Château et je m'étais retourné. Pedro se tenait immobile sous le porche de sa chaumière. D'habitude, tout en lui respirait la force : le granit de son visage de montagnard, sa silhouette trapue, sa pipe, son accent vaudois. Mais ce soir-là, pour la première fois, il m'avait semblé soucieux. A cause de ma fugue? Peut-être pensait-il à notre avenir, quand nous aurions quitté le royaume de Valvert dont il était le régent — royaume menacé dans ce monde de plus en plus dur et incompréhensible —, et que lui, Pedro, ne pourrait plus rien pour nous.

*

L'allée principale coupait la grande pelouse où nous passions les récréations de l'après-midi et du soir et où se disputaient les matches de hockey sur gazon. Au fond de la pelouse, vers le mur d'enceinte, se dressait un blockhaus de la taille d'un immeuble, vestige de la guerre, pendant laquelle le collège avait servi d'état-major à la Luftwaffe. Derrière, un chemin longeait le mur d'enceinte et menait à la maison de

Pedro et au portail. Un peu plus bas que le blockhaus, une orangerie avait été transformée en gymnase.

Souvent, dans mes rêves, je suis l'allée principale jusqu'au Château, laissant sur ma droite une baraque de couleur brune : le vestiaire où nous nous habillions en tenue de sport. Enfin, j'arrive sur l'esplanade semée de graviers, devant le Château, un bâtiment blanc de deux étages au perron bordé d'une balustrade. Il avait été construit à la fin du XIXe siècle sur le modèle du Château de la Malmaison. Je gravis l'escalier du perron, pousse la porte qui se referme toute seule derrière moi, et voici le hall dallé de noir et de blanc qui donne accès aux deux réfectoires.

De l'aile gauche du Château, que nous appelions « La Nouvelle Aile » — Pedro l'avait fait bâtir au début des années cinquante —, un chemin descendait jusqu'à la cour de la Confédération baptisée ainsi par notre directeur en hommage à la Suisse, son pays natal. Dans mes rêves je n'emprunte pas ce chemin mais le labyrinthe, qui nous était interdit et dont seuls Pedro et les professeurs avaient la jouissance. Un étroit couloir de verdure, des ronds-points et des charmilles, des bancs de pierre, un parfum de troènes. Le labyrinthe lui aussi débouchait sur la cour de la Confédération.

Elle était entourée, comme la place d'un village, de maisons disparates qui abritaient les salles de classe, les dortoirs ou les chambres que nous partagions à cinq ou six. Chacune de ces maisons avait un nom : l'Ermitage à l'allure de gentilhommière tourangelle, la Belle Jardinière, villa normande à colombages, le Pavillon Vert, le Logis, la Source et son minaret, l'Atelier, la Ravine, et le Chalet qu'on aurait pu prendre pour l'un de ces vieux hôtels alpestres de

Saint-Gervais qu'un milliardaire excentrique aurait fait transporter, pièce par pièce, ici, en Seine-et-Oise. Au fond de la cour, dans une ancienne écurie surmontée d'un clocheton, on avait aménagé une salle de cinéma et de théâtre.

Nous nous rassemblions dans la cour vers midi, avant de monter en rang au Château pour le déjeuner, ou chaque fois que Pedro voulait nous annoncer quelque chose d'important. On disait : « Rassemblement à telle heure, à la Confédération », et ces mots sibyllins ne pouvaient être compris que de nous.

J'ai vécu dans toutes les maisons de cette cour et mon bâtiment préféré était le Pavillon Vert. Il devait son nom au lierre qui rongeait sa façade. Sous la véranda du Pavillon Vert, nous nous réfugiions les jours de pluie, pendant la récréation. Un escalier extérieur, à la rampe de bois ouvragé, menait aux étages. Le premier était occupé par la bibliothèque. Longtemps, j'ai partagé l'une des chambres du deuxième, avec Charell, Mc Fowles, Newman et le futur comédien Edmond Claude.

Les nuits de printemps, au Pavillon Vert, nous nous asseyions, pour fumer, devant une fenêtre grande ouverte. Il fallait attendre très tard que le collège fût endormi. Nous avions le choix entre deux fenêtres : l'une donnait sur la cour de la Confédération où quelquefois Pedro faisait une ronde, en robe de chambre écossaise, pipe à la bouche ; et l'autre, plus petite, presque de la taille d'une lucarne, dominait une route de campagne le long de laquelle coulait la Bièvre.

Edmond Claude et Newman voulaient se procurer une corde et, à l'aide de celle-ci, nous nous laisserions glisser au bas du mur. Mc Fowles et Charell avaient décidé que nous prendrions le train dont on entendait le sifflement chaque nuit, à la même heure.

Mais où allait-il donc, ce train ?

II

Certains de nos professeurs habitaient l'une ou l'autre maison de la cour de la Confédération et Pedro les avait nommés « capitaines » de ces bâtiments. Ils en étaient responsables et assuraient la discipline avec l'aide d' « aspirants », élèves recrutés dans les classes de seconde et de première. Ceux-ci se livraient chaque soir à des « inspections », vérifiant si les lits étaient bien faits, les placards rangés, les chaussures cirées. Après l'extinction des feux, à neuf heures, les aspirants veillaient à ce qu'on ne rallumât pas la lumière et que régnât le silence.

Le capitaine du Pavillon Vert était notre professeur de gymnastique, M. Kovnovitzine, que nous appelions « Kovo ». Il n'avait aucun aspirant sous ses ordres. Pas d'inspection dans nos chambres. Nous pouvions éteindre les feux à l'heure que nous voulions. Le seul danger : que Pedro, au cours de sa ronde nocturne, remarquât de la lumière à notre fenêtre. Alors, il lançait un coup de sifflet, comme un agent de la défense passive.

Kovo avait d'abord été professeur de tennis et, à ses élèves préférés, il offrait l'une de ses anciennes cartes de visite :

KOVNOVITZINE
Professeur de tennis diplômé
8, villa Diez-Monin
Paris 16e

Cet homme de haute taille, aux cheveux blancs ramenés en arrière et au profil pur, portait un pantalon de toile blanche et vivait en compagnie d'un labrador qui nous rendait quelquefois visite dans nos chambres. Insomniaque, il passait ses nuits à déambuler sur la grande pelouse du collège. De la fenêtre je l'avais observé vers deux ou trois heures du matin, traversant lentement la cour, son labrador en laisse. Le pantalon de toile faisait une tache phosphorescente. Il lâchait le chien et celui-ci finissait par s'échapper, puisqu'on entendait Kovo l'appeler au bout d'un moment :

— Chou-ou-ou-ou-ou-ou-ra...

Et cet appel, inlassablement répété jusqu'à l'aube, tantôt proche, tantôt lointain, résonnait comme la plainte d'un hautbois.

J'ignore si le capitaine Kovnovitzine se promène toujours la nuit avec son chien Choura. J'ai revu un seul de nos maîtres, une dizaine d'années après avoir quitté le collège : Lafaure, le professeur de chimie. A ce qu'on m'a dit, toi aussi, Edmond, tu as eu l'occasion de revoir Lafaure...

Oui. Ce soir-là, le public n'avait été ni meilleur ni pire que celui des autres villes de province où faisait étape notre tournée Baret. A l'entracte, on m'avait apporté, dans la minuscule loge que je partageais avec Sylvestre-Bel, une carte de visite : « Cher Edmond

Claude, votre ancien professeur de chimie au collège de Valvert :

LAFAURE,

désirerait, si cela était possible, souper avec vous après le spectacle. »

— Une admiratrice ? m'avait demandé Sylvestre-Bel.

Je ne pouvais détacher les yeux de cette carte de visite jaunie, au milieu de laquelle le nom LAFAURE était gravé en caractères gris cendre.

— Non. Un vieil ami de famille.

Et quand ce fut mon tour d'entrer en scène pour quelques minutes et cinq répliques, j'entendis du fond du silence une voix souffler aux premiers rangs : « Bravo ! Bravo ! » Je la reconnus aussitôt : la voix sépulcrale de Lafaure, que nous imitions en classe autrefois et à cause de laquelle nous l'avions surnommé « le Mort ».

Cinq coups discrets mais nets, frappés à la porte de notre loge. On aurait dit du morse. J'ouvris. Lafaure

— Je ne vous dérange pas ?

Il se tenait devant moi, les cheveux blancs en brosse, raide et intimidé dans un costume bleu marine aux pantalons étroits qui tombaient bien au-dessus des chevilles et découvraient deux énormes chaussures noires à semelles de crêpe. Il en portait de semblables au collège et ces godillots trop grands et trop lourds lui donnaient une démarche lente de somnambule.

Son visage avait rétréci et des rides le fripaient, mais sa peau était la même que jadis : d'un blanc crayeux.

— Entrez, monsieur Lafaure.

Dans cette loge exiguë, aux deux cuvettes en carton,

Sylvestre-Bel assis sur l'unique chaise de paille se démaquillait et moi, j'étais presque collé contre Lafaure qui avait refermé la porte derrière lui.

— Je te présente mon ancien professeur de chimie...

Sylvestre-Bel se retourna et salua Lafaure d'un signe hautain de la tête. Par coquetterie, il n'avait pas ôté le toupet avec lequel il paraissait sur scène et qui le rajeunissait encore plus : A soixante ans, il pouvait prétendre en avoir trente-cinq comme certains américains qui demeurent, à force de bronzage, d'hygiène corporelle et de soins de beauté, momifiés dans leur jeunesse.

— Monsieur, je vous ai trouvé très bien, lui dit Lafaure.

Et il sortit de la poche de sa veste, le programme qu'il feuilleta. Grandes photographies de notre vedette et de notre metteur en scène ; puis, aux pages suivantes, photos plus réduites de Sylvestre-Bel et des autres comédiens, la mienne de la taille d'un timbre-poste.

— Vous me feriez un grand plaisir de signer, dit Lafaure à Sylvestre-Bel en lui tendant le programme ouvert à la page de sa photo.

— Avec plaisir. Votre nom ?

— Lafaure. Thierry Lafaure.

Et tandis que mon camarade écrivait lentement sa dédicace : « Pour Monsieur Thierry Lafaure, en toute sympathie de Sylvestre-Bel », nous nous penchions, Lafaure et moi, au-dessus de son épaule.

— Merci.

— C'est la moindre des choses, dit Sylvestre-Bel, buste cambré.

*

Je ne voulais pas faire attendre mon ancien professeur et j'ai renoncé à me démaquiller. Nous sommes sortis tous les deux du théâtre. Il tombait une pluie fine.

— J'ai réservé aux « Armes de la Ville », m'a dit Lafaure. C'est le seul endroit qui reste ouvert après dix heures.

Nous marchions, lui de ce pas raide qui était le sien au collège et moi la tête penchée, de crainte que mon maquillage ne coulât sous la pluie. Le bruit de succion de ses semelles et son pardessus d'un jaune blafard achevaient de lui donner une allure de spectre.

— Vous êtes descendu à quel hôtel ? me demanda-t-il.

— A « L'Armoric ».

— Et vous repartez demain ?

— Oui. Dans le car de la tournée.

— C'est dommage que vous ne restiez pas plus longtemps...

Son pas s'allongeait comme celui d'un pantin mécanique que l'on vient de remonter et j'avais peur de le perdre. Le manteau jaune et le gémissement régulier de ses semelles de crêpe seraient mes seuls points de repère dans l'obscurité. Soudain, la façade vitrée d'une grande brasserie déserte. Ses glaces, ses bois et ses cuirs étincelaient sous la lumière d'ampoules dans des globes de verre.

— J'ai réservé une table de deux personnes dit Lafaure de sa voix d'outre-tombe à un homme aux moustaches brunes, derrière le bar.

L'homme eut un geste excédé du bras en direction des tables vides.

— Vous voyez bien que vous avez le choix.

Lafaure m'entraîna vers l'une des tables du fond.

— Nous serons au calme ici, me dit-il.

Plus loin, d'une double porte aux battants ouverts, s'échappaient des nuages de fumée, des éclats de voix et de rire. De temps en temps une silhouette armée d'une queue de billard passait dans l'encadrement de la porte.

— Moi aussi, je joue quelquefois à ce jeu, me dit tristement Lafaure. Il n'y a pas beaucoup de distractions ici.

J'avais du mal à imaginer Lafaure jouant au billard. Comment lui, si raide, se penchait-il? Je suppose que son corps se cassait à quatre-vingt-dix degrés dans un grincement de cric et qu'il appuyait son menton au rebord de la table pour conserver cette position, le temps de pousser sur la boule.

— Je prendrais bien une pissaladière, dit-il. Et vous?

— Moi aussi.

— Elles sont excellentes ici.

Un jeune homme d'une vingtaine d'années, aux cheveux blonds bouclés et aux yeux verts, s'était planté devant notre table et attendait la commande, bras croisés, en considérant Lafaure d'un œil ironique.

— Stéphane, vous nous apporterez deux pissaladières.

— Bien, monsieur Lafaure.

Stéphane hocha la tête cérémonieusement et il y avait de l'insolence dans ce geste trop appuyé.

— Un gentil garçon, dit Lafaure. Il veut se cultiver. Je lui fais lire des livres d'histoire. Il est un peu artiste, comme vous... Il voudrait se lancer dans le cinéma...

Ses traits se crispaient. Apparemment, ce sujet lui tenait à cœur.

— Peut-être réussira-t-il à faire du cinéma... Vous ne trouvez pas qu'il a un visage d'ange?

Il perçait tant d'inquiétude dans cette question que je n'osais y répondre et que je devinais quelque chose de trouble et de douloureux entre ce garçon et Lafaure.

— En tout cas, Edmond, je suis vraiment heureux de vous retrouver.

Ainsi, il se souvenait de mon prénom?

— Depuis combien de temps nous ne nous sommes pas vus? Voyons... Treize ans, je crois... Treize ans, déjà... Eh bien, vous n'avez pas changé...

— Vous non plus monsieur Lafaure.

— Oh! moi...

Il poussa un soupir et caressa la brosse de ses cheveux. Sous la lumière dure des néons, son visage était encore plus étroit et fripé que dans la loge, et sa peau piquée de taches de rouille.

— Depuis que j'ai quitté le collège de Valvert pour prendre ma retraite, j'habite ici avec ma sœur aînée... Je vous aurais volontiers invité chez nous, mais ma sœur est une couche-tôt et elle a très mauvais caractère...

— Vous avez des nouvelles de Valvert?

— Valvert n'existe plus. Le domaine a été vendu à une société immobilière. Ils ont détruit tous les bâtiments. C'est triste, vous ne trouvez pas?

J'accueillis cette nouvelle avec détachement, mais le lendemain, elle me causa la sensation d'un vide, comme le silence et la poussière au-dessus des pans de murs écroulés.

— M. Kovnovitzine m'écrit de temps en temps. Il habite maintenant à Sainte-Geneviève-des-Bois. Vous vous souvenez de lui ?

— Bien sûr. Un très chic type... Kovo...

— Oui, Kovo... Et moi, je sais que vous m'appeliez « le Mort »...

Il souriait, sans la moindre rancune apparente, d'un large sourire de squelette, et, par ce sourire, il nous donnait raison de l'avoir surnommé « le Mort ».

Le jeune homme aux yeux verts apportait les pissaladières.

— Elles ne sont pas trop cuites, Stéphane ?

— Mais non, mais non, monsieur Lafaure.

— Stéphane, je vous présente un ami parisien... Il est acteur... Il a joué ce soir au théâtre municipal... Je lui demanderai des conseils pour vous.

— Merci, monsieur Lafaure.

Il le considérait toujours avec une insolence qui me fit de la peine pour Lafaure.

— Maintenant, Stéphane, laissez-nous parler...

Peut-être mon ancien maître voulait-il exciter la jalousie et le respect de l'autre par la présence, à ses côtés, d'un « acteur » ?

— Je pense souvent à Valvert, dit Lafaure.

— Moi aussi.

Nous tâchions de découper nos pissaladières, aussi sèches que des fleurs de rocaille.

— Elles sont bien trop cuites mais je n'ose pas le lui dire... j'ai... j'ai peur de lui.

Il tourna la tête vers l'autre bout de la salle, là où se trouvait le jeune homme.

— Je lui dirai que nous nous sommes connus à Paris... Surtout, ne lui parlez pas de Valvert...

Le collège de Valvert... Il me paraissait bien lointain dans cette brasserie déserte, devant nos pissaladières calcinées, au fond de cette ville maussade de province où nous n'avions pas assez de place, Sylvestre-Bel et moi, pour nous démaquiller... Un domaine abandonné que l'on visite en rêve : la grande pelouse et le blockhaus, sous la lune. Le labyrinthe de verdure. Les courts de tennis. La forêt. Les rhododendrons. Le tombeau d'Oberkampf...

— Et vous avez eu des nouvelles de quelques élèves ? lui demandai-je.

— Il y a six ans, j'ai reçu une carte postale de Jim Etchevarietta. Vous vous souvenez de lui ?... Un brun... Il est retourné dans son pays, en Argentine...

Apparemment, cette nouvelle plongeait Lafaure dans une profonde mélancolie.

— C'est loin d'ici, l'Argentine...

Etchevarietta. Nous étions voisins de classe. Pendant les cours de mathématiques, il relevait doucement son pupitre et me montrait une par une les photographies de ses chevaux de polo.

— Et vous, Edmond ? Vous avez revu des anciens ?

— Oui, Mc Fowles... Daniel Desoto...

— Il était un peu dans le genre d'Etchevarietta... Son père lui donnait mille francs d'argent de poche par semaine...

— Oui... Il y avait de drôles de gens dans ce collège... Tous perturbés par leur situation familiale... Hein, Edmond...

Nous avions renoncé à manger nos pissaladières dont chaque bouchée me donnait l'impression de mastiquer un chewing-gum chaud.

— Comment avez-vous su que je jouais dans cette pièce ?

— Je reçois tous les programmes des tournées et j'ai lu votre nom.

Mon pauvre nom écrit au bas de l'affiche en lettres minuscules, deux fois plus petit que celui de Sylvestre-Bel.

Lafaure me serrait le bras et, comme son rire et sa voix, cette étreinte était celle d'un squelette.

— J'ai toujours pensé que vous feriez carrière dans un métier artistique... Déjà, au collège...

Les exclamations des joueurs de billard, à côté, couvraient sa voix. Je me regardai furtivement dans la glace, derrière lui. Non, je n'avais pas la tête d'un clown, comme je le craignais. Bien sûr, le fond de teint me donnait un hâle de navigateur de plaisance, les sourcils étaient un peu trop noirs et leur courbe trop bien dessinée, mais sans rien d'excessif. Et pourtant, je me fardais à l'ancienne, selon les conseils de Sylvestre-Bel, utilisant des bâtons Leichner aux couleurs criardes et pour me démaquiller, du beurre de cacao.

— Monsieur Lafaure, excusez-moi pour mon maquillage mais je ne voulais pas vous faire attendre...

Après tout, lui aussi avait l'air maquillé. Sa peau était aussi blanche que celle d'un Pierrot.

— Voyons, Edmond... Le fard vous va très bien...

Il me dévisageait d'un œil admiratif. Jamais plus je ne rencontrerais un tel public que celui de ce vieux professeur de chimie, pour qui, déjà, au collège... Hélas, avec l'âge qui vient peu à peu, il faut bien admettre qu'on ne jouera pas les personnages importants mais les comparses, les silhouettes. Il n'y a rien de déshonorant à faire partie des obscurs et des sans-grades du métier. Mon camarade de loge me le disait souvent, lui dont la spécialité consistait à tenir, depuis plus de quarante ans, de petits rôles : groom ou maître d'hôtel. Il passait en courant d'air, sec, élégant, cambré, impérieux comme la sonorité de son nom : Sylvestre-Bel, et ses brèves apparitions étaient le secret — selon lui — de son éternelle jeunesse.

— Figurez-vous, Edmond, que j'ai toujours le transistor...

Lafaure s'était penché vers moi et m'avait chuchoté cette phrase. Je mis quelques secondes à comprendre et un souvenir m'envahit, aux tonalités estivales et aux odeurs de sous-bois.

C'était la fin de l'année scolaire. Nous avions souvent chahuté notre professeur de chimie au cours de cette année-là et nous en éprouvions du remords. Nous avions donc décidé de nous cotiser pour lui offrir un cadeau et notre camarade Mc Fowles avait été chargé de nous ramener des Etats-Unis, où il allait souvent avec sa grand-mère, le poste transistor le plus perfectionné de l'époque. Nous l'avions offert à Lafaure au début du cours de chimie. Très ému, il nous avait proposé de quitter la classe et de faire une grande promenade dans le parc du collège.

Nous marchions en groupe autour de Lafaure et Mc Fowles lui montrait de quelle manière capter les différentes radios françaises et étrangères. Mc Fowles, à quinze ans, mesurait près d'un mètre quatre-vingt-dix. Il pratiquait tous les sports dangereux, et cela devait, plus tard, lui coûter la vie. Mais ce jour-là, avec des gestes dégingandés, il expliquait à Lafaure comment se servir du transistor.

Sous le soleil, nous avions traversé la grande

pelouse et suivi une allée bordée de massifs de rhododendrons. La piste Hébert. Les courts de tennis. Et nous pénétrions dans le bois...

Le lendemain, ce seraient les grandes vacances. J'entends encore les bribes de musique du transistor, nos voix, celle de Lafaure marquant la mesure comme les soupirs d'une contrebasse, le gros rire de Mc Fowles...

— Au fait, Edmond, pendant que j'y pense, je vais vous demander une petite signature à vous aussi...

D'un geste brusque, Lafaure me tendit le programme rouge et or de notre pièce. Il fronçait les sourcils et je voyais bien qu'il avait les larmes aux yeux — chose étrange dans ce visage de squelette.

Ma photo était voisine de celle de Sylvestre-Bel, mais petite, si petite... On distinguait à peine mes traits. J'écrivis : « Pour Monsieur Lafaure, en souvenir de Valvert et de son ancien élève, Edmond Claude. »

Nous nous sommes levés de table et nous avons traversé la salle du restaurant, Lafaure me précédant d'une démarche d'automate, son pardessus plié soigneusement sur son bras raide. Le jeune homme qui nous avait servi les pissaladières était appuyé au bar dans un déhanchement gracieux. Il fixait Lafaure du même regard que tout à l'heure, comme s'il était certain de son pouvoir sur lui. Lafaure baissa la tête.

La pluie tombait beaucoup plus dru qu'avant le souper. Je l'ai aidé à enfiler son pardessus jaune. On a éteint toutes les lumières à l'intérieur de la brasserie. Nous n'avions pas de parapluie et nous restions côte à côte sans rien dire, Lafaure et moi, sous l'auvent métallique des « Armes de la Ville ».

*

Eh bien, figure-toi qu'un soir, la veille de Noël, j'attendais avec mes deux petites filles devant l'entrée du cinéma « Le Rex », où l'on donnait un film de Walt Disney. La queue n'était composée que de parents et de leurs enfants. A quelques rangs devant nous, un homme très raide aux cheveux blancs attira mon attention. Il était seul, enveloppé d'un manteau jaune et d'une écharpe d'un gris poussiéreux. Il jetait des regards furtifs sur les enfants autour de lui, comme s'il en cherchait un en particulier qui fût disponible et avec lequel il eût pu engager la conversation. Nos yeux se rencontrèrent. C'était Lafaure.

D'une saccade, il détourna la tête, à la façon d'un homme pris en flagrant délit. Je le vis quitter imperceptiblement la queue. Craignait-il qu'un geste trop brutal de sa part attirât de nouveau l'attention sur lui et qu'on lui mît la main au collet ? M'avait-il reconnu ? J'aurais bien voulu le lui demander, comme tu l'imagines, mais Thierry Lafaure se perdait déjà, de sa démarche de fantôme, dans la foule du boulevard.

III

Chaque jeudi, Gino Bordin, notre professeur de guitare venait au collège par le car de la porte de Saint-Cloud. J'ai appris qu'en ce temps-là, il habitait à Montmartre, au 8 de la rue Audran, mais cela ne me sert pas à grand-chose puisqu'il ne figure plus dans l'annuaire.

Bordin portait toujours un costume bleu nuit qu'égayaient une pochette et une cravate de soie claire. Ses lunettes étaient à fines montures argentées et ses cheveux, argentés eux aussi, il les coiffait en arrière, comme Kovo. Vers midi, le jeudi, il suivait d'un pas rapide l'allée du Château, tenant de la main gauche l'étui marron qui enveloppait sa guitare. Il déjeunait au réfectoire, à la table du fond. Je n'ai malheureusement jamais pu me trouver à cette table près de lui, mais pendant tout le repas, je l'observais. Il faisait beaucoup rire ses voisins. Moi, je connaissais par cœur toutes ses anecdotes. Le premier, il avait introduit en France la guitare hawaiienne et c'était là son titre de gloire.

Bordin ne disposait d'aucun local. On ne lui laissait même pas utiliser la salle de solfège, au rez-de-chaussée de la Nouvelle Aile. On l'avait relégué sur une banquette de bois du hall, devant l'escalier monumental qui menait au premier étage du Château. Là, dans les courants d'air et la demi-pénombre, il donnait ses leçons à la sauvette.

C'était sans doute le nombre réduit des élèves de Bordin qui lui valait ce manque d'égard. Longtemps, il n'en a compté que deux : Michel Karvé et moi. Mais à la fin du cours, sous mon impulsion et celle de Karvé, un petit groupe de fidèles se réunissait autour de lui, le jeudi après-midi pour l'entendre jouer : Edmond Claude, Charell, Portier, Desoto, Mc Fowles, El Okbi, Newman... Ces après-midi-là, les élèves avaient quartier libre et s'éparpillaient sur la pelouse et les terrains de sport. Nous, nous préférions la compagnie de Bordin.

Vers six heures, il interprétait un air lent et poignant : « How high the moon ». Cela signifiait que le moment était venu de nous séparer. Karvé et moi, nous l'accompagnions à l'arrêt du car : Pedro nous avait accordé l'autorisation exceptionnelle de franchir le portail avec notre professeur et de rester quelque temps à l'air libre. Nous attendions tous les trois sur le trottoir, devant le jardin public, Bordin flattant d'une main distraite l'encolure de sa guitare, qu'il tenait appuyée contre sa jambe. Il nous donnait l'accolade à chacun.

— A gioved', amici miei...

Il montait dans le car et s'asseyait toujours à l'arrière après avoir posé sur le siège, à côté de lui, sa guitare. Au moment où le car franchissait le passage à niveau, il nous faisait un grand geste du bras.

Les accords de la guitare hawaiienne de Bordin m'évoquent la brise soufflant le long d'une avenue vide et ensoleillée qui descend jusqu'à la mer. Ils me rappellent aussi mon amitié pour Michel Karvé, un voisin de classe. Nous nous entendions bien. Et pourtant, Karvé m'intriguait. Je pense au jour où on nous distribua à tous un questionnaire : nous devions écrire notre date de naissance et la profession de nos parents.

Karvé parut hésiter un moment. Il promena un regard pensif à travers la vitre. Dehors, le soleil d'hiver baignait la cour de la Confédération d'une lumière douce et brumeuse. Il souleva son pupitre et chercha quelque chose dans le Larousse. Il referma le pupitre. Enfin, il se décida. A la rubrique : Profession des parents, il écrivit d'une belle écriture appliquée :

« Trafic d'influences »

*

Je consultai à mon tour le Larousse pour y trouver le sens de ces mots et j'aurais bien voulu que Michel Karvé me donnât de plus amples explications mais je craignais d'être indiscret.

J'avais rencontré ses parents à plusieurs reprises, les jours de congé, chez lui, avenue Victor-Hugo. Ils m'avaient paru très distingués. Le docteur Genia Karvé était un homme grand et mince, avec un air de jeunesse que lui donnaient des yeux clairs. Sa femme : Les cheveux blond vénitien, un visage de lionne, des yeux aussi clairs que ceux de son mari, l'allure nonchalante et sportive de certaines Américaines.

De prime abord, les mots « trafic d'influences » qui demeuraient tracés dans ma mémoire de l'écriture nette et précise de Michel Karvé, ne correspondaient pas à ce couple.

J'avais pu mieux les observer au cours d'une promenade que nous avions faite au bois de Boulogne. C'était un samedi après-midi d'automne. Le ciel gris, l'odeur de l'herbe et de la terre mouillées... Ils marchaient devant nous côte à côte et les silhouettes élégantes du docteur Karvé et de sa femme s'associaient pour moi à des mots tels que : rendez-vous de chasse, faisanderie, équipages.

Nous avions traversé le parc de Bagatelle, puis rejoint par la route en contrebas, le terrain de polo. La nuit tombait. Une chose m'avait frappé chez les parents de Michel : ils ne lui adressaient pas la parole et même lui témoignaient une totale indifférence. Je notai aussi combien la tenue vestimentaire de mon camarade contrastait avec celle du docteur et de Mme Karvé. Il portait un pantalon de velours reprisé et un vieux blazer trop grand pour lui. Pas de manteau. Des sandales de caoutchouc. Au collège, je lui avais donné deux paires de chaussettes, car toutes les siennes étaient trouées.

Plus tard, dans la grosse voiture noire du docteur Karvé — il ne prenait aucun soin de cette voiture à la carrosserie maculée de boue — nous étions assis sur la banquette arrière, Michel et moi. Le docteur Karvé fumait, au volant. De temps en temps, sa femme et lui échangeaient de brefs propos. Il était question de gens que mon camarade connaissait certainement.

— Nous sortons ce soir, Michel, dit Mme Karvé. Je t'ai laissé une tranche de jambon dans le frigidaire.

— Oui, maman.

— Ça suffira ?

— Oui, maman.

Elle avait dit cela d'une voix distraite, un peu sèche, et sans se retourner vers lui.

*

Trafic d'influences. J'ai conservé une feuille de papier bleu à l'en-tête du docteur Genia Karvé, « oto-rhino-laryngologiste, 12 avenue Victor-Hugo 16ᵉ, Passy 38-80 », où celui-ci, d'une écriture ferme, me prescrit quelques médicaments. Il m'ausculta un soir que Michel lui avait dit que je me sentais un peu souffrant. Dans son cabinet, il avait fait preuve de cette même indifférence courtoise qu'il nous témoignait d'ordinaire à son fils et à moi. Sur les rayonnages de la bibliothèque je remarquai des photos dédicacées, la plupart dans des cadres de cuir et m'approchai imperceptiblement de ces photos pour mieux les contempler.

— Des clientes qui sont en même temps des amies, me dit le docteur Karvé en haussant les épaules, la cigarette inclinée au coin des lèvres.

*

Trafic d'influences. Le lendemain du jour où Michel avait répondu si curieusement au questionnaire, nous vîmes par la fenêtre de notre classe la voiture noire du docteur Karvé traverser la cour de la Confédération et tourner à gauche vers l'allée qui menait au Château. C'était la première fois que le docteur Karvé visitait notre collège. Jamais les parents de Michel n'étaient venus chercher leur fils ou le raccompagner les jours de sortie. Il prenait le car jusqu'à la porte de Saint-Cloud comme moi. Puis le métro.

Mon camarade n'avait pas sourcillé. Il avait même

feint de ne prêter aucune attention à la voiture de son père. Quelques instants plus tard, un surveillant entra dans la classe, interrompant le cours d'anglais.

— Karvé, Monsieur le Directeur voudrait vous parler. Il est en compagnie de votre père.

Michel se leva. Dans sa vieille blouse bleue et ses sandales, il suivait le surveillant d'une démarche raide, comme quelqu'un que l'on emmène au poteau d'exécution.

*

On avait certainement montré au docteur Genia Karvé le questionnaire rempli par Michel. Que s'étaient dit le père et le fils dans le bureau de M. Jeanschmidt, notre directeur? C'est plus tard, bien plus tard que j'ai mené une enquête. J'avais perdu de vue Michel depuis longtemps et j'ignorais tout de son sort et de celui de ses parents. Avenue Victor-Hugo, il n'y avait plus de docteur Genia Karvé.

Trafic d'influences. J'ai questionné des gens et consulté de vieux journaux dont l'odeur me rappelait celle du samedi d'automne où Michel et moi nous nous étions promenés au Bois, en compagnie de son père et de sa mère. Sur le chemin du retour, le docteur Karvé avait arrêté la voiture à Neuilly, au coin de l'avenue de Madrid.

— Bon. Nous vous laissons là. Nous devons retrouver des amis dans le quartier.

Michel avait ouvert la portière en silence.

— N'oublie pas... La tranche de jambon dans le frigidaire..., avait dit Mme Karvé d'une voix lasse.

Nous étions restés un instant immobiles, à suivre

des yeux la voiture qui s'éloignait dans la direction du quartier Saint-James.

— Je n'ai pas de tickets de métro, m'avait dit Michel. Et toi?

— Moi non plus.

— Si tu veux, je t'invite à partager ma tranche de jambon.

Il avait éclaté de rire. Cette partie de l'avenue était obscure et nous butions sur des tas de feuilles mortes, au milieu du trottoir. A mesure que nous nous rapprochions de l'avenue de Neuilly, on y voyait mieux. Des lumières aux fenêtres et des façades de restaurants étincelantes. Maintenant, les feuilles mortes tapissaient le trottoir d'une couche épaisse et collaient aux talons. Leur odeur amère était la même que celle des vieux journaux dont on tourne doucement les feuilles cassantes, une à une, à rebours du temps, pour essayer de retrouver une photo, un nom, la trace enfouie de quelqu'un.

*

Un mince article d'une seule colonne en bas de page. Les Karvé avaient comparu en correctionnelle. Peut-être Michel le savait-il. Le procès s'était déroulé deux ans après sa naissance. On avait découvert, chez les Karvé, des meubles, des tableaux et des bijoux de provenance suspecte. Le « couple » avait été condamné à une peine de prison avec sursis et vingt mille francs d'amende pour « recel ». Le compte rendu précisait que Mme Karvé à cette occasion était vêtue d'une robe turquoise très ajustée et d'une ceinture de peau blanche, mais pas une seule fois, je dois le reconnaître, on n'employait au sujet du docteur et de sa femme le terme : trafic d'influences.

*

Etaient-ce les mêmes personnes que celles que j'avais connues et dont les silhouettes gracieuses glissaient dans mon souvenir?

Je finis par échouer dans un bar de l'avenue Montaigne, jadis fréquenté par des gens de plaisirs et de chevaux et dont l'un des anciens habitués était susceptible de me renseigner : il avait côtoyé, depuis cinquante ans, « tout le monde ».

Je prononçai le nom de Mme Karvé et un brusque attendrissement traversa son regard, comme si ce nom lui rappelait sa jeunesse ou celle de la mère de mon ancien camarade :

— Vous voulez parler d'Andrée la Pute? me demanda-t-il, à voix basse.

*

Michel et moi, nous étions assis l'un en face de l'autre dans le café de l'avenue Victor-Hugo, en face de l'immeuble où habitaient ses parents. Depuis le début des vacances de Pâques, il n'était pas rentré chez lui. L'un de nos camarades de classe, Charell, lui avait accordé refuge.

Il portait toujours sa vieille veste trop grande, son pantalon de velours reprisé et une chemise à laquelle il manquait plusieurs boutons.

— Tu peux y aller maintenant, me dit-il.

— Tu es sûr de ne pas changer d'avis?

— Non.

— Vas-y. Je t'attends.

Je me levai, sortis du café. Je traversai la rue et au moment de franchir le porche du 12, je sentis mon cœur battre. J'avais oublié l'étage et consultai la liste, accrochée à la porte d'acajou du concierge.

Docteur Genia Karvé. Deuxième droite.

Je décidai de ne pas prendre l'ascenseur et montai l'escalier en m'arrêtant longuement à chaque palier. Sur celui des Karvé, je restai quelques minutes immobile, appuyé contre la rampe comme un boxeur contre les cordes du ring, juste avant le début du combat. Enfin, je sonnai.

Mme Karvé m'ouvrit. Elle était vêtue d'un tailleur pied-de-poule et d'un corsage noir qui mettait en valeur sa chevelure blonde. Elle ne paraissait pas surprise de me voir.

— Je viens chercher les affaires de Michel, lui dis-je.

— Ah bon... Entrez...

Il lui avait certainement téléphoné pour lui annoncer ma visite. Ou était-elle indifférente au sort de son fils ? Nous traversâmes le vestibule. Un sac de golf traînait par terre.

Elle poussa une porte, au début du couloir.

— Voilà... C'est là... Il doit avoir ses affaires dans le placard... Je vous abandonne un instant.

Elle me lança un charmant sourire et disparut. J'entendais la voix du docteur Karvé, assez proche. Il parlait longuement mais personne ne lui répondait. Il poursuivait sans doute une conversation au téléphone.

La chambre de Michel était si petite qu'on se demandait si, à l'origine, elle ne servait pas de débarras. Une large fenêtre, disproportionnée à ce cagibi. Je collai mon front à la vitre qui ne laissait filtrer qu'un jour crépusculaire. Et pourtant, dehors, il était deux heures de l'après-midi et il y avait du soleil. Cette fenêtre ouvrait sur une cour à l'étroitesse de puits.

Pourquoi, dans cet immense appartement que Michel m'avait fait visiter en l'absence de ses parents, lui avoir donné cette chambre minuscule? Michel prétendait que c'était lui-même qui l'avait choisie.

Pas de draps sur le lit de camp mais une simple couverture écossaise. Michel m'avait demandé de la lui rapporter. J'ouvris le placard et dans le sac de sport bleu marine du collège, je rangeai ses vêtements. Quelques vieilles paires de chaussettes, un maillot de bain, un mouchoir, deux chandails, trois chemises. Les chemises étaient reprisées, comme son pantalon de velours, et elles avaient cette particularité de porter au revers de leur col la griffe d'un grand couturier. En effet, c'était d'anciens corsages de sa mère. Les parents de Michel l'habillaient avec leurs vieux vêtements et son blazer, trop grand pour lui et usé jusqu'à la trame, avait appartenu à son père et venait lui aussi d'un tailleur réputé de la rue Marbeuf.

J'entendais toujours la voix monocorde du docteur Karvé, au téléphone. Par instants, il éclatait de rire. La porte entrebâillée s'ouvrit et Mme Karvé apparut dans l'embrasure.

— Alors... Vous vous débrouillez?

Elle m'enveloppait de son sourire. L'ampoule, au plafond, éclairait son visage d'une lumière crue, faisant affleurer sur sa peau des taches de rousseur. Maintenant, je comprends mieux ce qui m'émouvait chez cette femme : un mélange de frivolité et de langueur qui s'associe dans mon esprit au XVIIIe siècle français, aux satins, aux cristaux et à cette teinte que l'on nomme le blond Fragonard.

— Vous avez trouvé tous les vêtements de Michel?

— Oui.

Elle contemplait le sac de sport.

— J'aurais dû vous donner une valise... Vous croyez que Michel ne veut plus jamais revenir à la maison?

— Je ne sais pas.

— De toute façon, dites-lui qu'il sera toujours le bienvenu ici.

Je pris le sac de sport, et le mis à mon épaule.

— Tenez... C'est pour Michel... Un peu d'argent de poche...

Elle me tendit un billet froissé de cent francs.

— Il a toujours été le même, me dit Mme Karvé d'une voix lointaine, comme si elle était convaincue que personne ne l'écouterait et qu'elle parlait pour elle seule. Quand il était petit, je l'emmenais au Pré-Catelan et il se cachait toujours... Quelquefois, je mettais une heure à le retrouver... Pauvre petit Michel...

Elle me précédait dans le vestibule. Le docteur Karvé parlait au téléphone, en poussant des exclamations dans une langue étrangère.

J'étais déjà sur le palier. Elle hésitait avant de refermer la porte.

— Au revoir...

Elle me tendit le bras.

J'aurais dû lui baiser la main, mais je la lui serrai.

— Au revoir... Genia est occupé dans son bureau mais dites bien à Michel que son père l'embrasse très fort... Et moi aussi...

Je dévalai l'escalier, impatient d'être de nouveau à l'air libre, sous le soleil.

Michel m'attendait à la terrasse du café, les bras croisés. Je lui donnai la couverture écossaise et le sac de sport dont il vérifia rapidement le contenu.

— Tu as oublié « Retour aux jours heureux », me dit-il.

Il s'agissait d'un dessin découpé dans un vieux magazine que lui et moi nous avions trouvé au fond du débarras du Pavillon Vert. Le magazine datait du mois et de l'année de notre naissance à tous les deux : juillet dix-neuf cent quarante-cinq, et le dessin était une publicité pour le porto Antonat. Une femme blonde de profil, coiffé d'un foulard, et assise sur une barque. A l'horizon, un lac, des montagnes, une voile blanche. Et au-dessus, en grandes lettres fines :

RETOUR AUX JOURS HEUREUX

La nostalgie et la douceur ensoleillée de ces mots et du dessin nous intriguaient, Michel et moi. Bordin, auquel nous avions demandé son avis, avait tiré de sa guitare quelques accords languissants. Michel, lui, voulait écrire tout un roman, en s'inspirant de la femme au foulard, du lac, des montagnes. Cela s'appellerait : *Retour aux jours heureux.*

— Je l'avais rangé dans la table de nuit, me dit-il déçu. Mais ça ne fait rien...

— Tu veux que je remonte le chercher?

— Non, non... Ce n'est pas la peine. Je l'ai bien dans la tête... Le principal c'est qu'un jour j'écrive le roman...

Il posa à plat le billet de cent francs sur la table.

— Ta mère m'a dit que si tu voulais revenir...

Il fit semblant de ne pas m'entendre. Dehors, sur le trottoir opposé, le docteur Karvé marchait parmi les flaques de soleil en traînant le sac de golf. Mme Karvé sortait à son tour de l'immeuble. Elle portait des lunettes noires qui contrastaient avec son teint de blonde. Le docteur ouvrait la portière arrière de la voiture et lançait d'un geste épuisé le sac de golf sur la banquette. Il s'asseyait au volant. Mme Karvé, toujours nonchalante, se glissait à côté de lui. La voiture démarrait lentement.

— Ils vont à Mortefontaine, me dit Michel.

Et dans sa voix, il n'y avait nul reproche, mais au contraire une sorte de regret.

Pendant notre voyage en métro j'ai essayé une dernière fois de le dissuader. Il avait falsifié au corrector son extrait d'acte de naissance pour se vieillir de trois ans. Mais oui, sa décision était bien prise. Ensuite, nous sommes allés par le train jusqu'à Athis-Mons, là où se trouvait le bureau de recrutement.

IV

De tous nos maîtres, c'est sans doute à Kovo que nous avons donné le plus de satisfaction. Le sport était une discipline que privilégiait notre directeur, M. Jeanschmidt et nous y consacrions trois après-midi par semaine.

Souvent, Pedro assistait aux cours de Kovnovitzine. Lui et Kovo éprouvaient une grande amitié l'un pour l'autre. Ils avaient les mêmes goûts. On racontait qu'à la création du collège, par les deux frères aînés de Pedro, ce dernier avait tenu l'emploi de professeur de gymnastique.

Le hockey sur gazon était le sport traditionnel du collège. Pedro lui-même constituait les équipes et veillait à leur entraînement. Mais nous disposions aussi d'une piscine creusée à la lisière de la grande pelouse. Et si nous nous enfoncions plus avant dans le parc, nous découvrions la piste de course à pied, le terrain de saut à la perche, celui de volley-ball, les deux courts de tennis, enfin ce que Kovo et M. Jean-schmidt appelaient : « La piste Hébert », en hommage à un certain Hébert, créateur d'une méthode d'éducation physique dont ils étaient l'un et l'autre les disciples.

Cette « piste Hébert », Jeanschmidt et Kovo en avaient dressé les plans une dizaine d'années auparavant. Une sorte de parcours du combattant, semé de divers obstacles : murs à escalader, corde à laquelle nous grimpions, les jambes en équerre, barrières et arceaux qu'il fallait franchir en rampant sur les coudes, chevaux d'arçons pour le saut et la voltige... Très tôt le matin, au printemps, nous faisions ce que Kovo appelait « un parcours Hébert », avant de nous rendre au pas de course à la cérémonie du lever des couleurs.

Ces activités quotidiennes de plein air portaient leurs fruits. Notre équipe de hockey sur gazon avait atteint un niveau national en junior et nos sauteurs à la perche pouvaient défier ceux de l'équipe de France. Kovo obtenait de Jeanschmidt des heures supplémentaires de sport au détriment des autres cours. Et je me dis que Pedro avait raison de lui accorder ce privilège. Pour la plupart d'entre nous le sport a été un refuge, une manière d'oublier un moment nos difficultés à vivre, en particulier pour notre camarade Robert Mc Fowles.

Ce Mc Fowles, Kovo l'admirait. A quinze ans, il était capitaine de l'équipe de hockey et pratiquait avec un bonheur égal le ski, la natation, le tennis. Bob et moi, nous avons habité un an dans la même chambre, au Pavillon Vert, et noué une grande amitié.

Il a fini par se tuer, vers trente ans, au cours d'un championnat de bobsleigh, en Suisse, mais j'ai eu l'occasion de le revoir. J'ai même assisté par hasard à sa lune de miel. Il venait de se marier à Versailles avec une fille de cette ville et, ne sachant où partir en voyage de noces, ils avaient choisi un hôtel proche des Trianons pour y passer le mois d'août.

Il faisait très chaud, cet été-là et Mc Fowles et sa femme prenaient des bains de soleil sur la pelouse du parc de l'hôtel. Le maillot de bain d'Anne-Marie — la toute nouvelle Mme Mc Fowles — était d'un rouge vif et celui de Mc Fowles en imitation léopard, ce qui me rappelait Valvert. Nous aimions ces maillots de Tarzan et la plupart d'entre nous en portaient au bord de la piscine du collège, étrange piscine aux eaux noires et croupies que nous colorions au bleu de méthylène pour lui donner un aspect méditerranéen. Et nous réparions tant bien que mal le plongeoir délabré.

Bob Mc Fowles avait connu sa future femme quelques mois auparavant dans une station de sports d'hiver. Elle travaillait à la réception d'un hôtel. Le coup de foudre. Leur mariage avait été célébré à Versailles, où le père d'Anne-Marie tenait un commerce, rue Carnot.

Une fille de taille moyenne, aux cheveux blonds et aux grands yeux bleus. Sa grâce frileuse me rappelait certains portraits du XVIIIe, comme celui de Louise de Polastron. Française, Anne-Marie l'était jusqu'au bout des ongles et cela formait un harmonieux contraste avec l'allure un peu fruste de Bob Mc Fowles, sa haute taille, sa démarche à la fois lourde et dégingandée.

La seule famille de Bob était une grand-mère américaine, une Mrs Strauss, créatrice des produits de beauté « Harriet Strauss ». Du temps de Valvert, il partait pour les vacances de Noël et de Pâques sur la côte d'Azur avec elle, et à l'occasion des grandes vacances, elle l'emmenait en Amérique. Le reste de l'année, Bob ne quittait pas le collège, même les jours de sortie. Chaque semaine, il recevait une lettre de sa grand-mère, sur l'enveloppe beige foncé de laquelle son nom était écrit en rouge, à la machine.

A cette époque, étaient exposés aux vitrines des parfumeries les produits de beauté Harriet Strauss et je les admirais en pensant à mon camarade de classe. Ces produits ont aujourd'hui disparu mais l'été de la lune de miel de Mc Fowles, les rouge à lèvres et les fonds de teint Harriet Strauss côtoyaient encore sur les étagères leurs rivaux Max Factor et Elisabeth Arden. Ils assuraient de confortables revenus à Bob, auquel, le jour de ses vingt et un ans, sa grand-mère avait cédé toutes ses parts Harriet Strauss.

Nous étions donc allongés sur la pelouse, en maillot de bain, Bob, Anne-Marie et moi, et Mc Fowles buvait son orangeade à l'aide d'une paille.

— Dommage, dit-il. La seule chose qui manque ici, c'est la mer...

En effet, la façade blanche de l'hôtel, les tables aux parasols rouges, les portes-fenêtres le long de la galerie et leurs stores de toile orange prenaient une allure balnéaire sous le soleil.

— Tu ne trouves pas, mon vieux, qu'il ne manque plus que la mer?

Sur le moment, je ne prêtai pas grande attention à cette remarque de Mc Fowles ni à son air rêveur, mais c'est à partir de cet après-midi-là que le « malaise » — je ne trouve pas d'autres termes — a commencé à s'appesantir sur nous.

Et pourtant, Mc Fowles fut d'une humeur charmante à l'occasion d'un déjeuner sur la terrasse de l'hôtel. Il y avait convié M. Lebon, son beau-père, un homme aux cheveux blancs et à moustaches, très français lui aussi, et dont le visage délicat aurait pu être peint par Clouet. Mc Fowles l'intimidait et Lebon parlait à son gendre en détachant bien les syllabes, comme à un étranger. Mais l'extrême gentillesse de Bob le mit peu à peu en confiance. Mon camarade lui posa des questions sur son métier et l'écouta avec intérêt. Je retrouvais là le Robert Mc Fowles de Valvert, lunatique mais capable de s'intéresser aux autres et de gagner leur cœur grâce à son regard affectueux et à ses attentions. Anne-Marie semblait ravie de l'entente entre son père et Bob.

On nous servait le café. Mc Fowles, d'un large geste du bras, balaya la terrasse où nous étions seuls tous les trois, et la pelouse du parc.

— Je trouve qu'il manque une chose ici, dit-il au père d'Anne-Marie. Devinez quoi, Papy...

Lebon eut un sourire intimidé.

— Je... je ne vois pas...

Anne-Marie se souvenait sans doute de la déclaration de Bob, la veille. Elle éclata de rire. Ce rire, quand je repense à la tournure que prirent les événements, me glace le cœur.

— Oui... Il manque quelque chose ici, dit Mc Fowles, d'une voix grave.

— Devine, Papa... insista Anne-Marie.

Lebon fronçait les sourcils.

— Non... Vraiment... Je ne vois pas.

— Il manque la mer, dit Mc Fowles, d'un ton grave qui nous surprit tous les trois.

— En effet, dit Lebon. C'est un temps pour être au bord de la mer...

— Mais, malheureusement, il n'y a pas de mer à Versailles, dit Mc Fowles.

48

Il semblait éprouver un brusque accablement. Lebon me lança un regard interrogatif.

— Bob aime beaucoup la mer, bredouillai-je.

Anne-Marie paraissait gênée.

— De toute façon, nous comptons bien aller au bord de la mer à la fin du mois, dit-elle.

Mais Bob avait relevé la tête et son visage s'illuminait d'un sourire enfantin.

— On ne peut pas demander l'impossible, hein, Papy...

Quelques jours plus tard, une vieille voiture américaine décapotable, de couleur verte, s'arrêta au bord de la pelouse, en faisant crisser très fort le gravier. C'était l'automobile de Mc Fowles que deux amis lui ramenaient de Paris. Il me les présenta : James Mourenz, un garçon de notre âge aux cheveux blonds coiffés en brosse et de nationalité suisse, coéquipier de Mc Fowles pour les championnats de bobsleigh que celui-ci disputait chaque hiver ; Edouard Agam, un petit brun d'une cinquantaine d'années. Je n'ai jamais su s'il était libanais ou égyptien ou — tout simplement — syrien d'Egypte, ce qui expliquerait son français impeccable et son prénom chrétien. Agam avait créé un orchestre sur la côte d'Azur. Mc Fowles l'avait connu à Genève au déclin de sa carrière.

Ces deux hommes étaient les parasites de Bob, mais Anne-Marie, dans sa candeur, n'en avait pas le moindre soupçon. Ils se tenaient toujours aux côtés de mon camarade, tels deux gardes du corps ou deux bouffons. Le rire de James Mourenz, ses cicatrices, sa façon de vous taper sur l'épaule, de se mettre en garde et de tourner autour de vous en sautillant sur ses jambes, comme un boxeur, m'amusèrent, au début. Et j'étais sensible à la courtoisie d'Edouard Agam.

Bob m'avait confié qu'ils étaient ses deux amis — ses « pals » selon l'expression américaine.

Et les choses auraient pu suivre un cours différent, les jours succéder aux jours dans l'insouciance s'il n'avait été question de la mer. Mc Fowles en parlait sans cesse. — Tu n'as pas vu la mer? — Je suis sûr que c'est l'heure de la marée — La mer est de quelle couleur aujourd'hui? — Tu ne trouves pas que ça sent la mer? Mourenz et Agam, pour complaire à Bob, avaient aussitôt renchéri. Agam nous chantait, en s'accompagnant d'une guitare, *La Mer* de Charles Trenet. Mourenz avait décidé que la mer commençait au bas de la terrasse de l'hôtel et voulait que nous admirions ses plongeons. Il portait lui aussi un maillot de bain léopard et, debout sur la balustrade, il gonflait le torse d'une large inspiration. Puis il piquait la tête la première vers la pelouse et au dernier moment, se rétablissait d'un coup de reins.

— Un peu froide? demandait Mc Fowles.

— Non, ce matin, ça va, répondait Mourenz en s'ébrouant et en se lissant les cheveux comme s'il venait de plonger. Cette mer a une température idéale.

Un observateur superficiel aurait pris cela pour une simple plaisanterie mais éprouvé de l'inquiétude, le jour où Mourenz, jugeant que la balustrade de la terrasse était un plongeoir trop bas, décida de s'élancer du haut du portique d'entrée de l'hôtel. Cette initiative provoqua l'enthousiasme de Mc Fowles et d'Edouard Agam, et nous n'osions rien dire, Anne-Marie et moi.

— Tu peux y aller sans crainte, dit Mc Fowles. La mer est profonde à cet endroit...

Mourenz se hissa à l'aide d'un escabeau sur cette

terrasse haute de plus de trois mètres. Agam, impassible, fredonnait *La Mer*. Le portier et l'un des chasseurs de l'hôtel suivaient la scène, captivés.

— Je vais vous faire le saut de l'ange, dit Mourenz.

Il grimaça un sourire de défi. Mc Fowles m'avait dit que son audace, lors des championnats de bobsleigh à Saint-Moritz, lui avait valu le surnom de « Suicide James ».

— Vas-y, dit Mc Fowles. Il n'y a plus de vagues. Une vraie piscine. Montre-nous un peu ton saut de l'ange.

Mourenz, raide, sur la balustrade du portique, lèvres serrées, prit son souffle. D'un élan brutal, il se projeta en hauteur, les bras écartés. On aurait juré qu'il allait s'écraser au sol mais il replia ses genoux contre son ventre, en une fraction de seconde, et tomba sur la pelouse molle dans la position de l'œuf qu'avait si bien illustrée, au début des années soixante, le skieur Vuarnet. Nous applaudîmes. Seul Mc Fowles restait impassible.

— La prochaine fois, tu plongeras de plus haut et quand il y aura des vagues, dit-il sèchement.

Désormais, chaque matin, « Suicide James » plongeait. Saut carpé, d'une table qu'il avait disposée sur la terrasse de l'hôtel, « coups de pieds à la lune » ou « plongeons retournés ». Et chaque fois, ces démonstrations se concluaient par les plaisanteries rituelles : « l'eau est bonne » ; « vous devriez vous baigner, vous aussi »... jusqu'au jour où, en plongeant, il se fractura légèrement l'avant-bras. Il portait ce bras en écharpe — une écharpe de soie blanche que lui avait offerte Mc Fowles — et, toute la journée, il n'était vêtu que de cette écharpe et de son maillot de bain léopard.

— Tu ne pourras plus te baigner, mon pauvre

vieux, dit Mc Fowles. C'est dommage avec cette chaleur...

Mais Mourenz, en dépit de son bras en écharpe, n'avait pas perdu son entrain. Il voulait faire venir de Paris un hors-bord et des skis nautiques dont on se servirait sur le grand canal de Versailles. Mc Fowles avait acheté une tente de plage couleur orange et avait obtenu du directeur de l'hôtel la permission de la dresser dans le parc. Tous les cinq nous nous tenions autour de la tente.

— Ça sent la mer, disait Mourenz.

— Vous ne voulez pas que nous profitions de la marée basse pour nous promener? demandait Mc Fowles.

Il se penchait vers Anne-Marie.

— Je vais te trouver de beaux coquillages, chérie...

Elle l'enveloppait d'un regard inquiet. Ces plaisanteries finissaient par l'effrayer, je m'en rendais bien compte à son regard. Sans doute aurait-elle aimé que Bob et elle fussent un peu seuls pour leur lune de miel.

Une sorte d'amertume, d'ennui gagnait Mc Fowles. Aux plaisanteries bon enfant avaient succédé des remarques rageuses, du genre : — Est-ce que tu crois qu'on va attendre longtemps cette putain de mer?

Il se tournait vers Mourenz.

— Alors, tu ne plonges plus? Tu te dégonfles?

Je proposai à Bob une visite à notre ancien collège de Valvert, tout proche de Versailles.

— Je veux bien mais à condition qu'il y ait la mer.

Un soir, j'avais réussi à les entraîner dans une promenade le long du grand canal et nous étions arrivés à l'extrémité de celui-ci, là où s'étendent des prairies. Les vaches y paissent. L'horizon est dégagé et l'on dirait que ces prairies surplombent la mer. Je ne pus m'empêcher d'en faire la remarque à Bob.

— Tu as raison, me déclara-t-il, mais c'est un mirage. Plus tu avances et plus la mer recule.

Agam, derrière nous, jouait de l'accordéon. Mourenz ne portait plus qu'un plâtre autour du poignet. Anne-Marie était soucieuse.

Cette nuit-là, vers trois heures du matin, le téléphone me réveilla. Anne-Marie. Elle me dit que Bob restait prostré dans le hall de l'hôtel et qu'il ne voulait pas se coucher. A l'altération de sa voix, je sentis qu'elle pleurait.

Nous sommes descendus tous les deux le rejoindre. Il était assis sur l'un des canapés de la grande galerie. Nous avons pris place à côté de lui.

— Il faut m'excuser... J'attends toujours cette putain de mer. Ce n'est pas drôle, vous savez...

Il éclata de rire, mais il y avait quelque chose de louche dans ce rire. Anne-Marie me lança un regard désespéré. Non, il n'était pas ivre, comme elle le croyait. Il n'avait pas besoin de boire pour se mettre dans cet état.

Je devinais que de tout son amour pour Mc Fowles et de toute sa gentillesse, elle cherchait une explication. Que lui dire ? que Bob n'était pas un méchant homme — loin de là — mais un garçon sensible et candide lui aussi et qu'il aspirait à un équilibre, sinon il n'aurait pas choisi une fille comme elle. Malheureusement, nous, les anciens de Valvert, des coups de cafard inexplicables nous secouaient, des accès de tristesse que chacun de nous tentait de combattre à sa manière. Nous avions tous, selon l'expression de notre professeur de chimie, M. Lafaure : un « grain ».

Le jour s'est levé. Je regardais, au mur de la grande

galerie, les taches de soleil que caressait lentement l'ombre des feuillages. Une mouche s'était posée sur le pantalon blanc d'Anne-Marie, un peu au-dessus du genou.

V

Un samedi sur deux, à neuf heures du soir, nous nous rassemblions, cour de la Confédération, avant d'entrer dans la petite salle de cinéma où nous pouvions choisir nos places à l'orchestre et au balcon sur les sièges en bois foncé qui se repliaient automatiquement.

Pedro cherchait deux nouveaux projectionnistes pour remplacer, à bref délai, l'ancienne équipe composée par Yotlande et Bourdon, élèves de la classe de première. Mon camarade Daniel Desoto et moi nous nous étions portés volontaires et, pendant quelques après-midi, nos deux aînés nous avaient appris comment nous servir de l'appareil de projection. Yotlande avait été renvoyé du collège et Bourdon nous avait quittés à son tour, si bien que Desoto et moi nous nous étions définitivement installés dans nos nouvelles fonctions.

Les élèves s'asseyaient dans la petite salle aux murs ocre, qui avait l'aspect d'un cinéma de quartier. L'écran, fixé à un panneau mobile, cachait la scène sur laquelle, une fois par trimestre, une troupe théâtrale donnait un spectacle et, en fin d'année scolaire, Pedro annonçait la distribution des prix.

Au bout d'un instant, M. Jeanschmidt faisait son entrée, suivi par Kovnovitzine et son labrador en laisse. Deux places leur étaient toujours réservées, au cinquième rang de l'orchestre, du côté de la travée. Un silence accueillait l'arrivée de Pedro et de Kovo, rompu quelquefois par de discrets applaudissements. Le chien de Kovo se couchait au milieu de la travée, très raide dans la position du sphinx, la tête légèrement relevée en direction de l'écran.

Desoto et moi, nous attendions, dans la cabine de projection, le signe de Pedro. Il levait le bras gauche et le baissait brusquement, comme pour chasser une mouche. La séance pouvait commencer.

Un documentaire ou un dessin animé, en première partie. Je rallumais les lumières. Claquement des sièges. Les élèves sortaient un instant cour de la Confédération, mais Pedro, Kovo et le chien demeuraient assis à leur place. Quelques camarades nous rejoignaient dans la cabine de projection. J'actionnais une sonnerie pour annoncer la fin de l'entracte. Et de nouveau, le geste impératif de Pedro.

Nous avons vu ainsi *L'Homme au complet blanc*, *Passeport pour Pimlico,* d'autres films dont j'ai oublié le titre, mais celui qui revenait le plus souvent au programme — une fois par trimestre — était : *Le Carrefour des Archers.*

Un manoir, une comtesse blonde, sa petite fille, la maison du garde-chasse, un artiste peintre amoureux de la comtesse, un harmonium qu'on entend la nuit, un chien-loup hurlant à la lune...

Le labrador de Kovnovitzine, oreilles dressées, lui répondait d'un aboiement plaintif.

La fillette qui tenait le rôle de l'enfant de la comtesse s'appelait la « Petite Bijou » du moins figurait-elle sous ce nom au générique. La première fois que *Le Carrefour des Archers* passa dans notre cinéma du collège de Valvert, Pedro et Kovnovitzine étaient accompagnés d'un homme d'une quarantaine d'années dont Pedro, de temps en temps, tapait affectueusement l'épaule. Le spectacle fini, notre directeur voulut que tout le monde restât à sa place. Il se leva et désignant l'homme qui était son voisin :

— Je vous présente un ancien du collège. Il est venu spécialement ce soir ici parce qu'il a connu l'une des actrices du film.

Par la suite, chaque fois qu'on donnait à Valvert *Le Carrefour des Archers,* l'homme assistait à la séance. Ces samedis-là, sa voiture se garait devant le Château et il dînait au réfectoire à la table de Pedro.

Il était de taille moyenne avec des cheveux châtain clair et un regard vif. Il travaillait dans l'import-export. J'ai eu la chance, cette année-là, de me trouver moi aussi à la table de Pedro. Tous deux parlaient du passé et des « anciens ».

— Tu trouves que Valvert a changé ? demandait Pedro.

— Non. Valvert est toujours Valvert.

Quelques élèves avaient disparu pendant la guerre, et parmi eux, un certain Johnny dont Pedro conservait le souvenir ému.

— Reviens le mois prochain, disait-il. On redonnera *Le Carrefour des Archers.*

Je crois que Pedro passait le film aussi souvent pour faire plaisir à son « ancien ». L'homme lui avait dit :

— C'est vraiment très gentil à vous, monsieur Jeanschmidt de me permettre de voir encore une fois la Petite Bijou...

A la fin du repas, l'ancien nous offrait des cigarettes. C'était interdit mais notre directeur, pour une
fois, fermait les yeux. Et un soir que nous lui posions
des questions sur cette Petite Bijou, il a bien voulu
assouvir notre légitime curiosité et celle de Pedro.

*

Oui, je peux dire que ma vie, jusqu'à présent, n'a
été qu'une quête longue et vaine de la Petite Bijou. Je
l'avais connue à ma sortie de l'école de Valvert,
quand je fréquentais un cours d'art dramatique. De
tous les élèves de ce Cours Marivaux, aucun n'a fait
carrière dans le spectacle, sauf le gros que nous
appelions « Bouboule ».

C'est toujours sur un fond d'hiver et de nuit que je
me souviens du Cours Marivaux. J'avais dix-huit ans
et j'assistais trois fois par semaine aux « séances
d'ensemble », selon l'expression de notre professeur,
une ancienne sociétaire de la Comédie-Française qui
avait créé, dans un rez-de-chaussée proche de l'Etoile,
le Cours Marivaux, « antichambre du théâtre et du
cinéma, du music-hall et du cabaret », comme l'annonçait le prospectus.

Sur ce fond d'hiver et de nuit, je revois nos
« séances d'ensemble », de vingt heures à vingt-deux
heurs trente. A la sortie du cours, nous bavardions un
peu avant de nous perdre, Bouboule, moi et les autres,
dans le black-out. Un soir, j'ai rencontré au coin de la
rue, Johnny, un camarade de classe de Valvert. Il
cherchait du travail dans les studios de cinéma. Je lui
ai proposé de venir au cours avec nous, mais il ne m'a
plus donné de ses nouvelles. J'ai de la peine à me
rappeler leurs noms et leurs visages à tous. Seuls

58

demeurent dans ma mémoire, Bouboule et Sonia O'Dauyé.

Elle fut la vedette du Cours Marivaux. Elle n'avait participé que deux ou trois fois aux « séances d'ensemble » car elle prenait des cours particuliers avec notre professeur, luxe qu'aucun de nous ne pouvait se permettre. Une blonde au visage étroit et aux yeux très clairs. Tout de suite, elle nous intrigua. En dépit de ses vingt-trois ans, elle avait certainement dix ou quinze ans de plus que nous. Elle disait appartenir à une famille de l'aristocratie polonaise et à notre grande surprise, elle n'était pas au Cours depuis un mois que l'on parlait d'elle dans un magazine de ce temps-là. Elle ferait prochainement — disait-on — « ses débuts au théâtre ».

Notre professeur répondait de manière évasive aux questions que nous lui posions sur les « débuts » prometteurs de la « comtesse » — ainsi l'avions-nous surnommée. Mais Bouboule, plus dégourdi que nous autres et qui fréquentait déjà le monde des coulisses, des studios et celui des boîtes de nuit, nous expliqua que la « comtesse » habitait cours Albert Ier un somptueux appartement. Bouboule flairait quelque chose de louche là-dedans : A coup sûr, on entretenait la « comtesse ». Elle dépensait à profusion chez les couturiers et les bijoutiers. D'après Bouboule, elle réservait des tables d'une dizaine de couverts à la Tour d'Argent, invitait un peu n'importe qui, offrait des cadeaux, et certains n'y résistaient pas. Lui, Bouboule, aurait bien aimé se joindre à la bande de la « comtesse ».

Mais tout cela ne compterait guère plus aujourd'hui qu'une couronne de fleurs fanées sur le couvercle d'une poubelle, s'il n'y avait pas eu la Petite Bijou.

Je l'ai connue le jour du concours annuel. Notre professeur avait aménagé une scène de théâtre dans la pièce la plus spacieuse de son appartement et parmi une cinquantaine de spectateurs, un jury siégeait, composé de quelques personnalités du monde des arts et du spectacle.

J'étais un élève de trop fraîche date pour participer à cette cérémonie et, par timidité, je ne me rendis rue Beaujon qu'après le concours. Dans la « salle de théâtre », Bouboule et quelques camarades poursuivaient une discussion animée.

— C'est la « comtesse » qui a eu le premier prix de tragédie, me dit Bouboule. Moi, ils m'ont donné un accessit de music-hall.

Je le félicitai.

— Elle avait choisi la scène de la mort de la Dame aux Camélias, mais elle ne savait pas son texte.

Il se pencha vers moi.

— Tout ça était arrangé depuis le début... Des combines, mon vieux... La « comtesse » a dû distribuer des enveloppes au jury et à Mme Sans-Gêne...

Mme Sans-Gêne, c'était notre professeur. Elle avait brillé dans ce rôle, jadis.

— Figure-toi que des photographes sont venus spécialement pour la « comtesse ». Elle s'est fait interviewer... Une vedette quoi... Elle a dû tous les payer très cher...

C'est alors que je remarquai, tout au fond de la salle, sur l'un des sièges de velours rouge, une petite fille endormie.

— Qui est-ce ? demandai-je à Bouboule.

— La fille de la « comtesse »... Elle n'a pas l'air de s'en occuper beaucoup... Elle me l'a confiée pour

l'après-midi... Seulement, moi, ça ne m'arrange pas...
Je dois passer une audition... Tu ne voudrais pas t'en
occuper, toi?

— Si tu veux.

— Tu la balades un peu et tu la ramènes chez la
comtesse, 24 cours Albert Ier.

— D'accord.

— Je file. Tu te rends compte? On va peut-être
m'engager dans un cabaret.

Il était très agité et suait à grosses gouttes.

— Bonne chance, Bouboule.

Il ne restait plus dans la salle de théâtre que cette
petite fille endormie et moi. Je m'approchai d'elle : sa
joue était appuyée au dossier du fauteuil, sa main
gauche sur son épaule et le bras replié contre sa
poitrine. Les cheveux blonds et bouclés, elle portait
un manteau bleu pâle et de grosses chaussures
marron. Elle avait six ou sept ans.

Je lui ai tapé doucement sur l'épaule. Elle a ouvert
les yeux.

Des yeux clairs, presque gris, comme ceux de la
« comtesse ».

— Il faut qu'on aille se promener.

Elle s'est levée. Je lui ai pris la main et nous
sommes sortis tous les deux du Cours Marivaux.

*

Par l'avenue Hoche, nous étions arrivés devant les
grilles du parc Monceau.

— Tu veux qu'on se promène là?

— Oui.

Elle hochait la tête, docile.

Vers la gauche, du côté du boulevard, j'aperçus des

balançoires aux peintures écaillées, un vieux toboggan et un bac de sable en ciment.

— Tu veux jouer?

— Oui.

Personne. Aucun enfant. Le ciel était bas et d'une blancheur d'ouate comme s'il allait neiger. Deux ou trois fois, elle a glissé sur le toboggan et elle m'a demandé d'une voix timide de l'aider à monter sur la balançoire. Elle ne pesait pas bien lourd. Je poussais la balançoire où elle se tenait assise, très raide. De temps en temps, elle me regardait.

— Tu t'appelles comment?

— Martine, mais ma maman m'appelle « Bijou ».

Une pelle traînait dans le bac à sable et elle a commencé à faire des pâtés. Assis sur le banc, tout près, j'ai constaté que ses chaussettes étaient de taille et de couleur différentes, l'une vert foncé jusqu'au genou, l'autre bleue dépassant de quelques centimètres de la chaussure marron aux lacets dénoués. La « comtesse » l'avait-elle habillée ce jour-là?

J'ai craint qu'elle ne prenne froid dans le sable et après lui avoir lacé sa chaussure, je l'ai entraînée de l'autre côté du parc. Quelques enfants tournaient sur les chevaux du manège. Elle a choisi de s'asseoir dans l'un des cygnes de bois et le manège s'est ébranlé en crissant. Chaque fois qu'elle passait devant moi, elle levait le bras pour me saluer, un sourire aux lèvres, sa main gauche serrant le col du cygne.

Au bout de cinq tours, je lui ai dit que sa maman l'attendait et que nous devions prendre le métro.

— J'aimerais bien rentrer à pied.

— Si tu veux.

Je n'osai pas le lui refuser. Je n'avais pas encore l'âge d'être son père.

Nous nous dirigions vers la Seine par la rue de Monceau et l'avenue George V. C'était l'heure où les façades d'immeubles se détachaient encore sur le ciel un peu plus clair, mais bientôt tout se confondrait dans le noir. Il fallait se presser. Comme chaque soir, à cet instant-là, je me laissais envahir par une angoisse diffuse. Elle aussi : je sentais la pression de sa main dans la mienne.

Sur le palier de l'appartement, j'entendais des murmures de conversation et des rires. Une femme brune d'une cinquantaine d'années, aux cheveux courts et au visage carré et énergique de bull-terrier nous a ouvert. Elle m'a jeté un œil soupçonneux.

— Bonjour, Madeleine-Louis, a dit la petite.
— Bonjour, Bijou.
— Je ramène... Bijou, ai-je dit.
— Entrez.

Dans le vestibule, des bouquets de fleurs étaient posés à même le sol, et je distinguais, au fond, par la double porte entrouverte du salon, des groupes de gens.

— Un instant... J'appelle Sonia, m'a dit la femme au visage de bull-terrier.

Nous attendions tous les deux, la petite et moi, parmi les bouquets de fleurs qui jonchaient le vestibule.

— Il y en a des fleurs..., ai-je dit.
— C'est pour maman.

La « comtesse » est apparue, blonde et rayonnante, dans un tailleur de velours noir aux épaules incrustées de jais.

— C'est gentil de ramener Bijou.

— Voyons... La moindre des choses... je vous félicite... pour votre premier prix.

— Merci... Merci...

J'étais mal à l'aise, j'avais envie de quitter tout de suite cet appartement.

Elle se tournait vers sa fille.

— Bijou, c'est un grand jour pour ta maman, tu sais...

La petite fixait sur elle des yeux démesurément agrandis. De l'étonnement ou de la peur ?

— Bijou, maman a reçu une belle récompense aujourd'hui... Il faut que tu embrasses ta maman...

Mais comme elle ne se penchait pas vers sa fille, celle-ci essayait vainement de l'embrasser en se dressant sur la pointe des pieds. La « comtesse » ne s'en apercevait même pas. Elle contemplait les bouquets, par terre.

— Bijou, tu te rends compte... Toutes ces fleurs... Il y en a tellement que je ne peux pas les mettre dans des vases... Je dois rejoindre mes amis... Et les emmener dîner... Je rentrerai très tard... Est-ce que vous pourriez garder Bijou cette nuit ?

Au ton de sa voix, cela ne faisait aucun doute pour elle.

— Si vous voulez, ai-je dit.

— On vous préparera un dîner. Et vous pourrez dormir ici.

Je n'ai pas eu le temps de répondre. Elle se penchait vers Bijou.

— Bonsoir, Bijou chérie... Je dois aller voir mes amis... Pense très fort à ta maman...

Elle lui donna un baiser furtif sur le front.

— Et encore merci à vous, monsieur...

D'une démarche souple, elle rejoignait les autres,

là-bas, au salon. Dans le bourdonnement de conversations, je crus reconnaître l'éclat, très aigu, de son rire.

Peu à peu, leurs voix se sont éteintes à mesure qu'ils descendaient l'escalier et je me suis retrouvé seul avec Bijou. Elle m'a guidé jusqu'à la salle à manger et nous nous sommes assis l'un en face de l'autre à une table longue et rectangulaire veinée de faux marbre. Mon siège était une chaise de jardin qu'éclaboussaient des taches de rouille, et celui de Bijou un tabouret rehaussé d'un coussin de velours rouge. Pas d'autres meubles dans cette pièce. La lumière tombait sur nous d'une applique aux ampoules nues.

Un cuisinier chinois nous a servi le dîner.

— Il est gentil? ai-je demandé.

— Oui.

— Comment s'appelle-t-il?

— Tioung.

Elle mangeait son potage avec application, le buste raide.

Elle est restée silencieuse pendant tout le repas.

— Est-ce que je peux me lever de table?

— Tu peux.

Elle m'a entraîné jusqu'à sa chambre, une pièce aux boiseries bleu ciel. Pour seuls meubles, un lit d'enfant et, entre les deux fenêtres, une table ronde recouverte d'une nappe de satin sur laquelle était disposée une lampe.

Elle s'est glissée dans un cabinet de toilette contigu et je l'entendis se brosser les dents. A son retour, elle portait une chemise de nuit blanche.

— Est-ce que vous pourriez me donner un verre d'eau, s'il vous plaît?

Elle avait dit cette phrase très vite, comme si elle s'en excusait à l'avance.

— Bien sûr.

J'ai erré à la recherche de la cuisine en m'aidant d'une torche électrique que m'avait confiée Bijou. Je l'imaginais, cette torche trop lourde pour elle à la main, seule, la nuit, au milieu d'ombres qui la terrifiaient. La plupart des pièces étaient vides. Au passage, je faisais de la lumière mais souvent les commutateurs ne marchaient pas. Cet appartement semblait abandonné. Sur les murs, des traces rectilignes indiquaient que des tableaux y avaient jadis été accrochés. Dans une chambre qui devait être celle de la « comtesse », trônait un grand lit aux montants de satin blanc capitonné. Un téléphone par terre et, autour du lit, des bouquets de roses rouges, un poudrier, une écharpe.

Je ne sais pourquoi, j'ai fouillé les tiroirs de la commode et découvert une vieille fiche de papier brun au nom de : Blache, Odette, 15 quai du Point-du-Jour, Boulogne-sur-Seine. Au bas de celle-ci, deux photos, l'une de face, l'autre de profil. Je reconnaissais bien la « comtesse » mais elle était plus jeune, avec un regard éteint comme s'il s'agissait de photos d'anthropométrie.

A la table de la cuisine, le Chinois jouait aux cartes en compagnie d'un autre Chinois et d'un roux à la peau blanche.

— Je viens chercher un verre d'eau pour la petite.

Il m'a désigné l'évier. J'ai rempli un verre et jeté un regard vers eux. Eparses sur la toile cirée, des cartes d'alimentation. Elles étaient l'enjeu de leur partie. La porte s'est refermée lentement derrière moi. Le blunt crissait.

De nouveau cette succession de pièces vides où, sans doute, un déménagement hâtif s'était déroulé, il n'y avait pas si longtemps. Vers quel garde-meubles? Et le lit de satin blanc, les deux chaises où s'empilaient des mallettes et des sacs de voyage, le canapé solitaire contre un mur, évoquaient une installation provisoire.

Elle m'attendait dans son lit.

— Vous pouvez me lire quelques pages?

Encore une fois, elle avait l'air de s'excuser et me tendait un livre à la couverture défraîchie : *Le Prisonnier de Zenda*. Curieuse lecture pour une petite fille. Elle m'écoutait, les bras croisés, avec une expression de ravissement dans les yeux.

Le chapitre fini, elle m'a demandé de ne pas éteindre la lampe, ni le lustre de la chambre voisine. Elle avait peur du noir. Je glissais la tête entre les battants de la porte pour voir si elle dormait. Et puis j'ai déambulé à travers l'appartement et j'ai fini par trouver un fauteuil de cuir où passer la nuit.

*

Le lendemain, la « comtesse » m'a proposé un poste de précepteur. Ses activités mondaines et artistiques ne lui permettraient plus de s'occuper de Bijou. Alors, elle comptait sur mon aide. Je délaissai sans trop de regrets le Cours Marivaux auquel je m'étais inscrit pour échapper à la solitude. Maintenant que l'on me confiait des responsabilités et que l'on m'accordait le gîte et le couvert, je me sentais beaucoup plus sûr de moi.

J'accompagnais Bijou chez une dame suisse qui dirigeait un cours privé rue Jean-Goujon, l'école

Kulm. Bijou semblait être la seule élève de cet établissement et, chaque fois que j'allais la chercher, le matin ou l'après-midi, je la retrouvais en compagnie de cette dame, tout au fond d'une salle de classe aussi sombre et silencieuse qu'une chapelle désaffectée. Le reste de la journée se passait au bord de la pelouse du cours Albert-Ier ou dans les jardins du Trocadéro. Et nous revenions à la maison, par les quais.

Oui, tout cela, l'hiver et la nuit le cernent comme un écrin. Ce n'était pas seulement du noir dont Bijou avait peur mais des ombres que projetaient sur les rideaux la lampe de sa chambre et, à travers l'embrasure de la porte, le lustre de la pièce voisine.

Elle y voyait des mains menaçantes et se blottissait dans son lit. Je la rassurais jusqu'à ce qu'elle s'endormît. J'avais essayé par tous les moyens de dissiper ces ombres.

Le plus simple aurait été d'ouvrir les rideaux mais la lumière de la lampe risquait d'alerter la Défense passive. Alors, je déplaçais cette lampe, tantôt à droite, tantôt à gauche : les ombres étaient encore là.

Ma présence l'apaisait. Au bout d'une quinzaine de jours elle avait oublié les mains sur les rideaux et elle s'endormait avant que j'eusse fini de lui lire le chapitre quotidien du *Prisonnier de Zenda*.

Il a beaucoup neigé cet hiver-là et le quartier où nous habitions, le cours Albert-Ier, le parvis du musée d'Art moderne, plus loin les rues en étages au flanc de la colline de Passy prenaient l'aspect d'une station de l'Engadine. Et du côté de la place de la Concorde, le roi des Belges sur son cheval était blanc comme s'il venait de traverser un blizzard. J'avais découvert au fond de la boutique d'un brocanteur une luge pour Bijou et je l'emmenais glisser dans une allée en pente douce des jardins du Trocadéro. Le soir, au retour par l'avenue de Tokyo, je tirais la luge sur laquelle Bijou était assise, un peu raide et rêveuse, comme d'habitude. Je m'arrêtais brusquement. Nous faisions semblant de nous être égarés dans une forêt. Cette idée avait le don de l'amuser et le rouge lui montait aux joues.

La « comtesse », vers sept heures du soir, prenait à peine le temps d'embrasser sa fille avant de disparaître vers quelque fête nocturne. La mystérieuse Madeleine-Louis téléphonait pendant des après-midi entiers sans nous prêter beaucoup d'attention. De quelles affaires s'occupait cette femme au visage de boxeur ? D'une voix sèche, elle fixait des rendez-vous à son « bureau », dont elle indiquait l'adresse : « arcades du Lido ». Apparemment elle exerçait une grande emprise sur la « comtesse » qu'elle n'appelait pas Sonia mais « Odette » et je me demandais si ce n'était pas d'elle d'où « venait l'argent », selon l'expression de Bouboule. Habitait-elle cours Albert-Ier ?... A plusieurs reprises, il me sembla que Sonia et elles rentraient ensemble à l'aube, mais je crois que Madeleine-Louis dormait souvent à son « bureau »...

Les derniers temps, elle avait fait l'acquisition d'une péniche, amarrée près de l'île de Puteaux et à bord de laquelle, un dimanche, nous lui avons rendu visite, Bijou, la « comtesse » et moi. Elle y avait aménagé un salon, avec des poufs et des divans. Ce jour-là, sa casquette de marin et son pantalon blanc lui donnaient l'allure d'un jeune midship obèse et inquiétant.

Elle nous a servi le thé. Je me souviens que sur l'une des parois en bois de teck, était accrochée, dans un cadre rouge, la photo d'une amie à elle, une artiste aux cheveux courts, descendante de Surcouf, et dont les chansons parlaient d'escales, de goélettes blondes et de ports sous la pluie.

Etait-ce sous son influence qu'elle avait acheté cette péniche ?

A la tombée du soir, Madeleine-Louis et la « comtesse » nous ont laissés dans le salon, Bijou et moi. Je l'ai aidée à faire un puzzle que j'avais choisi moi-même et dont les pièces étaient assez grandes pour qu'elle ne rencontrât pas trop de difficultés.

La Seine était en crue, cet hiver-là, et l'eau venait presque à la hauteur des hublots, une eau douce dont l'odeur de boue et de lilas envahissait le salon.

Nous naviguions tous les deux dans un paysage de marais et de Brière. A mesure que nous remontions le fleuve, j'avais, peu à peu, le même âge qu'elle. Nous passions au large de Boulogne, là où j'étais né, entre le Bois et la Seine...

Et cet homme d'une trentaine d'années que j'entendais marcher deux ou trois fois par semaine, la nuit, quand j'étais seul avec Bijou... Il possédait une clé de l'appartement et entrait souvent par la porte de service. La première fois, il se présenta à moi comme « Jean Bori », le « frère de Sonia », mais pourquoi ne portait-il pas le même nom qu'elle ?

Madeleine-Louis m'avait confié, d'un ton onctueux, que les O'Dauyé — la famille de Sonia — étaient des nobles d'origine irlandaise qui se fixèrent en Pologne au XVIIIe siècle. Au fait pourquoi Sonia s'appelait-elle Odette ?

Ce Jean Bori, frère de Sonia, au fin visage et à la peau grêlée, me semblait plutôt gentil. Quand il ne se faisait pas servir seul par le cuisinier chinois et qu'il venait plus tôt que d'habitude, nous dînions ensemble Bijou, lui et moi. Il manifestait une tendresse distraite pour la petite. Son père? Il était toujours vêtu d'une manière soignée, avec une épingle de cravate. Où dormait-il, cours Albert-Ier? Dans la chambre de Sonia ou sur quelque canapé perdu au fond de l'appartement?

D'ordinaire, il repartait tard, une enveloppe à la main, et sur cette enveloppe était inscrit « Pour Jean » de la large écriture de Sonia. Il évitait Madeleine. Louis et nous rendait visite en l'absence de celle-ci.

Une nuit, il avait voulu assister au coucher de la petite et il s'était assis au pied de son lit pour écouter lui aussi la lecture quotidienne du *Prisonnier de Zenda*. Chacun à notre tour, nous avions embrassé Bijou.

Dans la grande pièce désolée qu'on appelait le « salon », le Chinois nous avait servi deux cognacs.

— Odette est vraiment une drôle de fille...

Et après avoir sorti de son portefeuille une photo écornée, il me la tendit.

— Ça, c'étaient les débuts d'Odette, il y a cinq ans. Elle a été remarquée par un type important au cours de cette soirée... Belle photo, non?

Des tables aux nappes blanches. Et autour de ces tables, une nombreuse assemblée en habit de gala. Un orchestre sur une estrade, tout au fond. La lumière vive des projecteurs éclairait un décor alpestre composé de trois petits chalets, d'un sapin, de montagnes en carton recouvertes de neige artificielle, comme les toits des chalets et les branches des sapins.

Et face aux dîneurs en smoking et en robe du soir, une trentaine de chasseurs alpins, sur deux rangs, au garde-à-vous, leurs skis aux pieds. Le sol brillait lui aussi de neige artificielle, et je n'osais pas demander à ce Jean Bori si les chasseurs alpins étaient demeurés sur leurs skis, immobiles, jusqu'à la fin de la soirée, et quel avait été, au juste, le rôle d'Odette cette nuit-là. Vendeuse de programmes ?

— C'était un gala... La « nuit du ski »...

Pour moi, cette neige et cet hiver de pacotille qui avaient marqué les « débuts » d'Odette se confondaient avec la réalité. Il suffisait de se pencher à la fenêtre, et de contempler la neige sur le cours Albert-Ier.

— Elle vous paie bien, Odette, pour votre travail de gouvernante ?

— Oui.

Il avait un air pensif.

— Vous êtes gentil de vous occuper si bien de la petite...

En le raccompagnant jusqu'au palier, je ne pus m'empêcher de lui demander si vraiment, sa sœur et lui appartenaient à une famille de l'aristocratie irlandaise, émigrée en Pologne au XVIIIe siècle. Il semblait ne pas comprendre.

— Nous, des Polonais ? C'est Odette qui a dit ça ?

Il enfilait sa canadienne.

— Des Polonais, si vous voulez... Mais des Polonais de la porte Dorée...

Son rire résonnait dans l'escalier et moi j'étais figé au milieu du vestibule.

J'ai traversé l'appartement désert. Zones d'ombres. Tapis roulés. Empreintes de tableaux et de meubles sur les murs et les parquets nus, comme après une saisie. Et les Chinois jouaient certainement aux cartes dans la cuisine.

Elle dormait, la joue contre l'oreiller. Une enfant qui dort et quelqu'un qui veille sur elle, c'est quand même quelque chose, au milieu du vide.

Tout s'est gâté à cause d'une idée de Madeleine-Louis que Sonia a jugée excellente : Bijou travaillerait « dans le spectacle ». Si on la prenait bien en main, elle serait bientôt l'égale de cette enfant américaine, vedette de cinéma. Sonia paraissait avoir renoncé à toute carrière artistique et je me demande si elle et Madeleine-Louis ne reportaient pas sur Bijou leurs espoirs déçus.

J'ai expliqué à la directrice de l'école Kulm, rue Jean-Goujon, que Bijou n'assisterait plus aux cours. Elle était désolée à la perspective de perdre sa seule élève, et moi aussi, pour elle et pour Bijou.

Il fallait lui monter une garde-robe en prévision des photos qu'on enverrait aux maisons de production. On lui confectionna des costumes d'écuyère, de patineuse à la Sonja Henie, et de petite fille modèle. Sa mère et Madeleine-Louis l'emmenaient à des séances d'essayages interminables, et, de la fenêtre je regardais partir sur la neige du cours Albert-Ier le cabriolet de Sonia, capote noire rabattue. J'éprouvais un serrement au cœur. La petite était coincée entre sa mère et Madeleine-Louis, et celle-ci faisait claquer un fouet au-dessus du cheval, à la manière d'un dresseur de cirque.

Moi, j'étais chargé de la conduire à ses cours. Cours de piano. Cours de danse. Leçons de diction par notre professeur de la rue Beaujon. Séances de pose chez un photographe de l'avenue d'Iéna, avec ses différents costumes. Cours d'équitation dans un manège du bois de Boulogne. Là, au moins, c'était en plein air et elle reprenait des couleurs, si petite, si blonde, sur un cheval gris pommelé qui se confondait avec la neige et le brouillard matinal.

Elle ne disait pas un mot et montrait la plus constante docilité en dépit de sa fatigue. Un après-midi où Madeleine-Louis et Sonia avaient bien voulu lui accorder un congé, nous sommes allés dans les jardins du Trocadéro et elle s'est endormie sur sa luge.

Bientôt, j'ai dû partir pour le midi de la France. Paris devenait dangereux et je n'étais même plus sûr de la carte d'identité à son nom que m'avait donné un ancien camarade de l'école de Valvert. Bijou ne s'appelait pas Bijou, Sonia ne s'appelait pas Sonia, mais moi je ne m'appelais pas Lenormand.

Je leur ai demandé de me confier Bijou qui serait certainement heureuse dans le Midi. En vain. Elle y tenait, la grosse et dure Madeleine-Louis, à son idée d'en faire une enfant prodige de l'écran. Et Sonia... Elle était si influençable, si évanescente... Et cette manie d'écouter la « Sonate au clair de lune », le regard vague... Pourtant, je l'ai toujours soupçonnée de cacher, sous ses tulles et ses vapeurs, une robustesse faubourienne.

Je suis parti un matin avant que la petite ne se réveille.

A Nice, quelques mois plus tard, j'ai vu une photo d'elle à la page spectacles d'un hebdomadaire. Elle jouait un rôle dans un film qui s'appelait : *Le Carrefour des Archers*. Elle était debout, vêtue de sa chemise de nuit, une torche électrique à la main, le visage un peu amaigri et l'air de chercher quelqu'un à travers l'appartement désert du cours Albert-Ier.

Moi, peut-être.

Je n'ai plus jamais eu de ses nouvelles. Tant d'hivers se sont accumulés depuis, que je n'ose pas les compter.

Bouboule s'en est sorti, lui. Il avait le rebond et la souplesse d'une balle de caoutchouc. Mais elle? Rue Jean-Goujon, l'école Kulm où j'allais la chercher le matin et l'après-midi n'existe plus. Quand je passe sur le quai, je me souviens de la neige de ce temps-là, qui recouvrait les statues du roi des Belges Albert-Ier, et de Simon Bolivar, symétriques, à une centaine de mètres l'une de l'autre. Eux, au moins, n'ont pas bougé, chacun aussi raide sur son cheval et indifférent au remous que laissent derrière elles, dans l'eau glauque, les péniches.

VI

C'était toujours au réfectoire, après la distribution du courrier, que Pedro nous annonçait le renvoi d'un élève. Le coupable prenait ainsi un dernier déjeuner avec nous, s'efforçant de faire bonne figure, crânant ou au contraire retenant ses larmes. J'éprouvais de l'inquiétude et de la tristesse chaque fois que l'un de nous subissait cette épreuve. Je pensais à lui comme s'il avait été un condamné à mort et j'aurais voulu qu'au dernier moment, Pedro accordât sa grâce.

Le renvoi de Philippe Yotlande m'avait ému bien que ce condisciple fût, comme Bourdon et Winegrain, beaucoup plus âgé que moi. A mon entrée en quatrième, il redoublait sa première. Notre directeur l'avait nommé « aspirant » à la « Belle Jardinière ».

Selon la coutume, Pedro lui signifia sa condamnation au réfectoire. Yotlande avait choisi de prendre la chose à la légère et il plaisanta avec ses camarades de table pendant tout le repas.

Au début de l'après-midi, nos « aspirants » nous firent monter au pas cadencé de la cour de la Confédération jusqu'à l'esplanade du Château. Pedro et tous les professeurs attendaient, debout sur le perron, qu'il y eût le silence. Alors, notre directeur prononça la phrase rituelle, d'une voix grave et saccadée :

— Votre camarade Philippe Yotlande a été renvoyé du collège.

Lui-même et les autres professeurs se tenaient au garde-à-vous.

— Yotlande Philippe, voulez-vous sortir des rangs et venir ici...

Yotlande quitta ses camarades de première et gravit l'escalier du perron d'une démarche sportive. Il avait revêtu le blazer orné de l'écusson du collège que nous devions porter, chaque soir, pour le dîner.

— Yotlande Philippe, mettez-vous au garde-à-vous face à vos camarades...

Il était immobile, sur le perron comme sur l'échafaud, un sourire timide aux lèvres et l'air de s'excuser.

— Yotlande Philippe, vous êtes indigne de rester parmi nous. Je vous exclus de Valvert...

Mais, avant de redescendre l'escalier, Yotlande tendit sa main à Pedro et à tous les professeurs avec une si évidente gentillesse que pas un ne refusa de la lui serrer.

Bien des années plus tard, le soir, vers sept heures, à la sortie du Racing-Club de Paris, j'observais Philippe Yotlande de loin, sans oser l'aborder. Se souviendrait-il encore de Valvert? Je n'avais pas besoin de lui parler. Je devinais ses états d'âme...

Les bras appuyés au volant, le menton sur le dos de la main, il restait pensif un long moment dans sa vieille voiture décapotable dont il n'avait jamais voulu se séparer. Il se serait amputé d'une partie de lui-même car cette voiture était liée à toute une période de sa vie.

Quoi faire de cette soirée d'été? Chaque jour, dès le

matin, il était au bord de la piscine du Racing. Il allait consommer un Pambania et un jus de tomate au bar, puis suivait, sur l'écran de télévision, l'étape du Tour de France. Et revenait au bord de la piscine.

Il n'avait adressé la parole à personne depuis le début du mois et s'en trouvait bien. Deux ou trois fois, au Racing, il avait évité des silhouettes de connaissance. Cette sauvagerie l'étonnait, lui qui avait toujours été très sociable.

Le seul moment où il éprouvait une fugitive angoisse, c'était vers sept heures du soir. La perspective d'une soirée et d'un dîner en tête à tête avec lui-même l'effrayait un peu, mais cette appréhension, à mesure qu'il traversait le bois de Boulogne, se dissipait. Le soir était doux et le Bois lui rappelait bien des choses. Au Pré-Catelan, là-bas, il avait assisté à quelques réceptions de mariage. Ses amis avaient tous fini par se marier, au fil des années.

Plus loin, du côté de Neuilly, le bowling du jardin d'Acclimatation était un endroit très en vogue, à l'époque lointaine où Yotlande séchait les cours d'une boîte à bachot après avoir été renvoyé du collège de Valvert. Il passait presque tous ses après-midi au Bowling. On y rencontrait les membres de la « bande » de la piscine Molitor ou de celle de la Muette et l'on décidait où aurait lieu la prochaine surprise-party.

Pour quelle raison avait-il été renvoyé de Valvert ? Eh bien, il avait amené au collège une valise pleine à ras bord de blue-jeans et de disques américains qu'il vendait à moitié prix aux autres élèves. Un ami de la bande de la piscine Molitor lui fournissait ces marchandises qui venaient directement du P.X., le magasin où seuls les membres de l'armée américaine stationnée en Europe avaient leurs entrées.

P.X. : Ces deux lettres qui étaient enveloppées d'un tel prestige, ce magasin inaccessible qui avait tant fait rêver les garçons de l'âge de Philippe Yotlande, n'évoquerait rien, aujourd'hui, pensa-t-il, pour quelqu'un de vingt ans. P.X. avait été rejoindre au grenier des vieux accessoires la gourmette de ce temps-là sur laquelle il avait exigé qu'on gravât : Jean-Philippe. Un double prénom, c'était plus chic.

Porte de la Muette, il tourna à gauche et s'engagea dans le boulevard Suchet. Il le suivait chaque jour, jusqu'à la porte d'Auteüil, puis de nouveau, par le boulevard Suchet, rejoignait la porte de la Muette, prenait le boulevard Lannes, gagnait la porte Maillot, faisait demi-tour en direction de la porte d'Auteuil et il espérait qu'au terme de cette promenade sans but, il aurait choisi l'endroit où il irait dîner. Mais il demeurait indécis et parcourait quelque temps encore, d'une allure très lente, les rues du seizième arrondissement.

A dix-huit ans, il avait été le petit prince de ce quartier. Dans sa chambre de l'appartement de la rue Oswaldo-Cruz, il rectifiait une dernière fois devant la glace le nœud de sa cravate, ou plaquait sa mèche contre son front, ou la ramenait quelquefois en arrière, d'une légère touche d'un bâton de cosmétique. Il portait souvent blazer et pantalon gris, le blazer orné d'un écusson du Motor-Yacht-Club de la côte d'Azur, dont son père était membre ; et pour chaussures, des mocassins italiens sous les languettes desquelles il glissait une pièce de monnaie — mode très suivie. Certains, même, employaient à cet usage des louis d'or.

Retenus par le cadre de la glace, les cartons d'invitations des samedi soir. Sur ces cartons blancs étaient gravés des noms à particules ou de doubles noms compacts de la plus massive bourgeoisie. Les parents conviaient les amis de leur fille à ce qu'ils appelaient un « rallye ». Chaque samedi soir, Philippe Yotlande hésitait entre une dizaine de rallyes. Il en choisissait deux ou trois et il savait que sa présence leur conférerait un éclat particulier. En effet, un rallye avec Philippe Yotlande était un rallye plus réussi, plus animé qu'un autre. Il avait été ainsi l'un des convives les plus recherchés de centaines et de centaines de rallyes.

Rallyes des quartiers d'Auteuil et de Passy, organisés par une bourgeoisie et une petite noblesse pimpantes qui fréquentaient les plages de La Baule ou d'Arcachon. Rallyes plus obscurs du quartier de l'Ecole militaire : le père, colonel ou fonctionnaire, avait fait un trou dans son budget pour que sa fille pût inviter ses amies distinguées du lycée Victor-Duruy. L'atmosphère était un peu solennelle, les parents présents pendant la soirée, et l'on buvait des orangeades ; dans le XVIIe arrondissement, rallyes à la fois guindés et bon enfant d'une bourgeoisie de robe qui prenait ses quartiers d'été à Cabourg et ceux d'hiver à Chamonix ; rallyes plus spectaculaires de la Muette et de l'avenue Foch où les rejetons des banques protestantes, catholiques et juives, côtoyaient les blasons les plus scintillants de l'aristocratie française et quelques noms exotiques aux consonances chiliennes ou argentines. Mais les soirées que Yotlande préférait, et que les autres parents voyaient d'un mauvais œil pour leur parfum de scandale et leur côté « nouveau riche », c'étaient celles que donnaient le fils et les deux filles d'un avocat d'affaires marié à un ancien mannequin, dans l'un de ces appartements à terrasses des premiers immeubles du boulevard Suchet.

Un noyau s'était formé, boulevard Suchet, une bande d'une dizaine de garçons et de filles dont la plupart possédaient des voitures de sport et avaient été, comme Yotlande, élèves au collège de Valvert. Le fils de l'avocat d'affaires avait reçu, pour ses dix-huit ans, une Aston-Martin, Yotlande se contentait d'une M.G. rouge décapotable. Un autre conduisait une Nash vert pâle...

La maîtresse de maison, l'ancien mannequin, participait quelquefois aux soirées de sa fille, comme si elle avait son âge. Et l'un des souvenirs les plus éblouis de Philippe Yotlande, ce fut la nuit de juin où tout le monde dansait sur la terrasse et où la mère de ses amis avait entamé un « flirt » avec lui. Aujourd'hui, ce devait être une vieille femme, mais à l'époque on aurait dit qu'elle avait trente ans. Des taches de son sur le visage et les épaules. Cette nuit-là, entre elle et lui, le flirt fut très « poussé » — selon une expression tombée, depuis, en désuétude.

Il y en avait eu des centaines et des centaines, de ces soirées. On dansait ou l'on s'isolait dans un coin de la terrasse pour une partie de poker, ou l'on se réfugiait à deux dans une chambre, comme Yotlande avec l'une des filles de la maison. On rêvait au son d'une musique de Miles Davis, en regardant osciller les feuillages des arbres du Bois. Cette période heureuse de la vie de Philippe Yotlande avait été interrompue par son service militaire.

On l'envoya en Algérie, deux mois avant les accords d'Evian. Puis il resta quelque temps au Valde-Grâce et, à la suite d'une intervention d'un ami de son père, il acheva sa période militaire en qualité de chauffeur d'un officier de marine, un très bel homme, ancien intime du maréchal de Lattre. Accompagné de cet officier, Yotlande faisait de longues promenades en forêt.

Il venait de retrouver la vie civile, quand son père mourut. Sa mère, courageusement, reprit la tête des laboratoires pharmaceutiques Maurice Yotlande et comme Philippe était en âge de travailler, on le chargea des « relations publiques » de l'entreprise familiale... Il ne brillait pas à ce poste mais on fermait les yeux par respect envers le regretté docteur Maurice Yotlande. Quelques années plus tard, sa mère se retira dans le Midi après avoir cédé les laboratoires Yotlande à un groupe étranger, ce qui lui procura à elle et à son fils de gros avantages financiers. Depuis lors, Philippe, qui s'était un peu familiarisé avec la Bourse, gérait mollement leur fortune.

Il était arrivé au carrefour du boulevard Suchet et de l'avenue Ingres. Une voiture le doubla et le conducteur, glissant une tête de bouledogue cramoisi par la vitre baissée, injuria Yotlande qui lui répliqua d'un sourire rêveur. Jadis, il l'aurait rattrapé et lui aurait fait une queue de poisson, mais il avait passé l'âge de ces facéties. Il s'arrêta sous les arbres de l'avenue Ingres et tourna le bouton de la radio. Un speaker, d'une voix métallique, commentait la dernière étape du Tour de France. Les arbres, le banc, le petit kiosque de bois vert et l'un des immeubles, à droite, le ramenèrent une vingtaine d'années en arrière.

Là, avenue Ingres, il avait rendu visite à une Danoise belle et célèbre à l'époque, du nom d'Annette

Stroyberg. Un photographe de *Paris-Match*, largement son aîné, s'était pris de sympathie pour Philippe Yotlande, et l'avait introduit dans un milieu moins bourgeois que celui où il évoluait jusque-là. Ainsi avait-il côtoyé à la « Belle Ferronnière » ou au « Bar des Théâtres » quelques cover-girls et quelques starlettes. Mais la rencontre pour lui la plus marquante avait été celle d'Annette Stroyberg.

Il revit Annette une seconde fois, l'hiver suivant, dans une boîte de nuit de Megève, se présenta à elle et le hasard voulut qu'un flash crépitât. La photo parut sur toute une page d'un magazine avec la légende suivante : « Les étoiles du cinéma et du Tout-Paris se réunissent après le ski. » Philippe Yotlande était bien là, étoile assise en compagnie d'Annette Stroyberg et d'une dizaine d'autres étoiles. Il souriait. La photo passa de mains en mains dans les rallyes et valut à Yotlande un surcroît de prestige. Coqueluche du seizième arrondissement, photographié à Megève aux côtés d'Annette Stroyberg, il avait atteint à dix-neuf ans, son apogée.

Ce fut après son service militaire qu'il sentit, de manière imperceptible, qu'il avait vieilli. Dans les rallyes qu'il continuait de fréquenter, les gens de son âge étaient de moins en moins nombreux : le travail, le mariage, la vie d'adulte les happaient, les uns après les autres. Yotlande se trouvait confronté avec des personnes pour qui le calypso et le cha-cha-cha de ses seize ans étaient des danses aussi surannées que le menuet, et qui ignoraient ce qu'avait été le P.X. Il se gardait bien de leur montrer la photo de l'Esquinade, qui avait jauni en cinq ans comme ces photos de l'été 39 où l'on voit les noctambules de Juan-les-Pins danser la chamberlaine.

Mais il y avait chez lui un fond d'insouciance et de gaieté qui le poussait à apprendre les nouvelles danses et à conserver son rôle de boute-en-train.

Elle avait dix-huit ans et ils se connurent dans une soirée. Elle appartenait à une famille d'industriels belges. Les Carton de Borgrave possédaient appartement à Paris et à Bruxelles, château dans les Ardennes et villa à Knockke-le-Zoute. Leur fille semblait très amoureuse de Philippe Yotlande et au bout de quelques mois les parents le mirent au pied du mur : ce seraient les fiançailles ou bien Philippe Yotlande ne la reverrait plus.

La cérémonie eut lieu à Bruxelles, et le soir les Carton de Borgrave reçurent dans leur appartement de l'avenue Louise. Yotlante avait invité tous ses amis de Paris. Sa future belle-famille fut décontenancée par les excentricités auxquelles se livrèrent, vers minuit, ces jeunes Français. L'une des filles de l'avocat d'affaires du boulevard Suchet, qui avait trop bu de champagne, fit un strip-tease, tandis qu'un autre convive vidait régulièrement un verre à la santé de la reine Elisabeth de Belgique et le jetait par-dessus le balcon.

La famille avait décidé que les fiancés passeraient des vacances sages dans la villa du Zoute et les Carton de Borgrave prièrent la mère de Philippe Yotlande de les rejoindre pour le mois d'août. Les premiers temps, Yotlande jouait au tennis avec sa fiancée et ses amis à elle. Etait-ce l'atmosphère de la villa, le « Castel Borgrave », grosse construction de style Tudor où sa future belle-mère, à l'heure du thé, l'entretenait de toutes ses relations : de la princesse de Rethy qu'elle tutoyait, du baron Jean Lambert, un garçon que terrorisaient les rayons du soleil ? Etait-ce la jeunesse dorée de l'endroit — lourdement dorée — et fanatique de karting? Ou cette bande d'hommes mûrs en tenue de yachtmen, qui s'interpellaient aux terrasses des cafés du bord de mer en s'efforçant de donner à leurs gestes une nonchalance saint-tropézienne? Etait-ce le ciel plombé? le vent? la pluie? Mais c'en était trop pour Philippe Yotlande. Au bout de dix jours, il s'enfuit du Zoute par le premier train, après avoir laissé une lettre d'excuses à celle qui avait été sa fiancée.

Le soir tombait sur l'avenue Ingres et il se résolut enfin à démarrer. Il suivait le boulevard Suchet en direction de la porte d'Auteuil. Le souvenir de ses fiançailles rompues lui était douloureux.

A l'époque, il avait éprouvé un certain soulagement et renoué avec ses habitudes. Mais dans les rallyes qu'il s'obstinait à fréquenter, on lui faisait sentir qu'il était vieux. Bien sûr, on l'aimait toujours. Il était devenu une espèce de mascotte.

Oui, les choses avaient bien changé. Et d'abord, le physique de Philippe Yotlande tranchait sur ceux de ses cadets. Yotlande gardait les cheveux courts et n'avait pas abandonné les blazers de ses dix-huit ans. Il portait volontiers des costumes beiges, des chaussures à semelles de crêpe et conservait son bronzage toute l'année. Ainsi demeurait-il conforme à ce qui avait été le modèle des adolescents de sa génération : les Américains sportifs du début des années cinquante.

Le temps passait. Et il fallait que Philippe Yotlande meublât ses loisirs. Il consacrait beaucoup de sa vie au tennis et aux sports d'hiver, et prenait des habitudes de vieux garçon, séjournant chez sa mère, à Cannes, un mois par an.

Ses anciens amis l'invitaient pour les vacances, car ils savaient que Yotlande serait un hôte agréable. Leurs enfants l'aimaient beaucoup. Avec eux, plus qu'avec leurs parents, il retrouvait son entrain d'autrefois, du temps des parties de chris-craft et des virées à l'Esquinade.

Peu à peu, une mélancolie s'insinuait en lui. Cela avait commencé aux alentours de sa trente-cinquième année. Et depuis, il aimait rester seul pour « méditer » comme il disait, chose qui ne lui était jamais arrivée de sa vie...

Porte d'Auteuil, il reprit en sens inverse le boulevard Suchet jusqu'à la porte de la Muette. Il s'arrêta au seuil de l'avenue Henri-Martin. A son bracelet-montre, il était huit heures et demie, et il ne savait pas encore où aller dîner.

Aucune importance. Il avait le temps. Il suivait l'avenue Henri-Martin, et il s'engagea à gauche dans l'avenue Victor-Hugo. Plus bas, sur la place, il descendit de sa voiture en fermant doucement la portière et d'une démarche lente vint s'asseoir à la terrasse du café « Scossa ».

C'était là où il échouait chaque soir, à la même heure, comme s'il avait glissé, sans en avoir conscience, vers un mystérieux centre de gravité. Il existe des lieux qui aimantent les âmes déboussolées et des rochers inébranlables sous la tempête. Pour Philippe Yotlande, le « Scossa » était un peu le dernier vestige de sa jeunesse, le dernier point fixe dans la débandade générale.

A la terrasse du « Scossa », jadis, on se donnait rendez-vous. Soirées d'été, comme aujourd'hui, ou des « flirts » se nouaient, tandis que bruissaient la fontaine et les feuillages des arbres et que la cloche de l'église annonçait le début des vacances...

Il commanda un ice-cream-soda. Du temps qu'il séchait les cours de la boîte à bachot, il allait en déguster avec un ami, là où ils étaient les meilleurs : sous les arcades du Lido.

Presque la nuit. Quelques voitures traversaient la place Victor-Hugo. Il jeta un regard autour de lui. Les clients étaient peu nombreux à la terrasse. Au fond, à gauche, il aperçut Mickey du Pam-Pam et ne put s'empêcher de contempler, étincelante sous les néons, sa chevelure blond platine, la vague qu'elle formait au-dessus de son front et les ondulations qui lui imprimaient un mouvement tourmenté jusqu'à la nuque. Mickey était fidèle à la coiffure de sa jeunesse.

Le drame de la vie de Mickey avait été la fermeture d'un bar des Champs-Elysées, à l'angle de l'avenue et de la rue Lincoln. Il y trônait depuis plus de vingt ans et y avait connu son heure de gloire pendant la guerre, quand les « swings » fréquentaient cet endroit et que Mickey comptait parmi les plus prestigieux d'entre eux. Son titre de noblesse datait de cette époque : Mickey du Pam-Pam. Après avoir perdu son fief, il avait tristement émigré au « Scossa ».

A la dérobée, Yotlande observait ce vieux jeune homme de soixante ans, seul à sa table, la tête inclinée sous le poids de sa chevelure teinte. A quoi rêvait ce soir Mickey du Pam-Pam ? Et pourquoi certaines personnes restent-elles, jusque dans leur vieillesse, prisonnières d'une époque, d'une seule année de leur vie, et deviennent-elles peu à peu la caricature décrépite de ce qu'elles furent à leur zénith ?

Et lui, Philippe Yotlande, n'allait-il pas devenir, dans quelques années, une sorte de Mickey du Pam-

Pam ? Cette perspective lui fit froid dans le dos mais il n'avait pas perdu son naturel blagueur et, s'étonnant lui-même de penser à toutes ces choses graves, il décida de se donner dès ce soir un surnom pour plus tard : le « Hamlet du Scossa ».

A quelques tables de lui, une fille d'une vingtaine d'années était assise en compagnie d'un homme aux cheveux gris, tête haute et prestance de gentleman-rider, une rosette au revers du veston. Le grand-père, pensa Yotlande. L'homme se leva et marcha vers l'intérieur du café, s'appuyant sur une canne.

La fille demeurait seule, à la table. Elle était blonde, avec une frange et des pommettes. Elle buvait sa grenadine à l'aide d'une paille.

Yotlande la regardait fixement. Elle ressemblait à son ex-fiancée belge.

Et si, profitant de l'absence momentanée du grand-père, il venait se présenter à elle et lui donnait un rendez-vous, en se penchant, comme pour inviter une femme à danser ?

Il la regardait boire sa grenadine. Il avait eu trente-huit ans au mois de juin, mais il ne pouvait encore tout à fait se résoudre à ce que le monde ne fût pas une éternelle surprise-party.

VII

Mon camarade Daniel Desoto a lui aussi été renvoyé du collège et il a fallu me trouver un nouveau coéquipier dans la cabine de projection.

Desoto a enduré le même calvaire que Yotlande : l'annonce de son renvoi au réfectoire, la montée sur le perron devant tous les élèves et les professeurs silencieux, la voix sèche de Pedro lui déclarant qu'il était « indigne »... Mais son attitude n'a pas été la même que celle de son aîné.

Quelques semaines après son renvoi, il nous rendit visite au volant d'une voiture de sport de couleur rouge qu'il gara sur l'esplanade du Château. C'était l'heure de la récréation et nous formions un groupe admiratif autour de cette voiture. Desoto nous expliquait que son père qu'il appelait « Daddy » la lui avait offerte à l'occasion de son anniversaire. Et comme nous nous étonnions qu'il pût conduire avant l'âge du permis, il nous révéla que Daddy s'était « arrangé » pour qu'il obtînt la nationalité belge : en Belgique, « on conduisait sans permis », paraît-il. Nous savions tous à quel point Daddy gâtait son fils depuis que Desoto nous avait montré les photographies du voilier dont Daddy lui avait fait cadeau, l'été précédent.

Notre groupe attira l'attention de M. Jeanschmidt qui pria Desoto de déguerpir sur-le-champ. Il avait été renvoyé à cause de son attitude nonchalante et de ses caprices d'enfant gâté, on ne voulait plus le voir à Valvert. Sans broncher, Desoto, un sourire aux lèvres, ouvrit lentement la portière, sortit de la boîte à gants une cartouche de cigarettes américaines et la tendant à Pedro :

— Tenez, monsieur le Directeur... De la part de Daddy...

Puis il démarra sur les chapeaux de roues.

*

Quinze ans après, de passage dans une station de la côte atlantique, je le rencontrai sur la promenade du bord de mer. Il me reconnut tout de suite. Il avait perdu ses grosses joues et sa chevelure brune était panachée d'une mèche de cheveux blancs.

Le lendemain, il me téléphona pour m'inviter à déjeuner au club de tennis de l'endroit.

Il faisait beau. Sous la grande pergola du club de tennis, près du bar, deux tables étaient réservées au nom de « M. Desoto ».

Un homme d'une soixantaine d'années, en tenue de tennis, marchait vers moi d'un pas souple. Il me tendit la main et me sourit. Un sourire de reptile. Etait-ce à cause de la forme sinueuse de ses lèvres ?

— Vous attendez Daniel ?

— Oui.

— Docteur Réoyon. Je suis un ami de Daniel.

Et d'un geste ecclésiastique, d'une pression sur mon épaule, il me fit rasseoir.

Pourquoi ce docteur Réoyon me causa-t-il tout de suite un malaise? Voilà des choses qui ne s'expliquent pas. Il m'observait, les yeux plissés, un sourire flottant sur ses lèvres sinueuses. Je cherchais une phrase pour rompre le silence.

— Vous connaissez Daniel depuis longtemps?

— Oui. Depuis longtemps. Et vous?

Il y avait dans cette interrogation une pointe de défi, comme si je représentais pour lui une menace ou qu'il me considérait en rival.

Heureusement, Desoto nous rejoignait. Il portait un short blanc et un blouson bleu marine, et nous étions l'un et l'autre intimidés par ces retrouvailles.

— Tu as fait connaissance avec le docteur Réoyon? C'est mon meilleur ami, me dit-il précipitamment. Tu sais que je lui dois beaucoup?...

— Mais non, Daniel, mais non, se récria le docteur. C'est votre amitié qui m'honore...

Puis se tournant vers moi:

— Daniel est marié avec une femme merveilleuse. Vous la connaissez?...

— Ma femme va venir tout de suite, me dit Daniel en souriant. Tu veux prendre l'apéritif?

Et comme j'hésitais, il se tourna vers le barman.

— Deux Americano, Michel. Et un sirop d'orgeat pour le docteur Réoyon.

A l'empressement de « Michel », on devinait que Desoto était une personnalité, ici, au club de tennis. Nous nous assîmes sur les chaises de bois blanc, à l'une des tables réservées au nom de M. Desoto.

— Tu sais que tu as devant toi un homme extraordinaire, me dit Desoto en me désignant le docteur. Je t'expliquerai...

Réoyon haussa les épaules, modeste. Un groupe se dirigeait vers nous, composé d'une jeune femme blonde et de plusieurs adolescents en tenue de tennis.

— Gunilla, ma femme, me dit Desoto en me présentant la très belle blonde.

Elle me regarda à peine et me fit un signe bref de la tête. Puis elle sourit au docteur Réoyon. Celui-ci se leva et lui baisa la main avec la même douceur qu'il avait eue pour me presser l'épaule tout à l'heure.

Daniel Desoto commanda des salades de crudités et du vin rosé pour nous, un œuf cru et de l'eau plate pour le docteur Réoyon. Il semblait connaître les moindres habitudes de celui-ci.

La femme de Desoto était suédoise. Elle parlait le français d'une voix grave et impérieuse. Les trois ou quatre adolescents qui déjeunaient en notre compagnie s'empressaient autour d'elle, mais éprouvaient visiblement autant d'admiration pour Daniel Desoto.

Le docteur Réoyon appelait ces adolescents par leur prénom et leur prodiguait l'affection bourrue d'un vieux chef scout qui malmène ses louveteaux. Il ne fut question, au cours du repas, que des revers ou des services que Daniel Desoto avait faits à tel ou tel moment de la matinée, et chacun le félicitait pour la qualité de ses smashes. Les seules critiques venaient du docteur Réoyon et Desoto l'écoutait bouche bée. Quel rôle jouait ce docteur dans la vie de mon ancien condisciple ? Gunilla Desoto fumait négligemment une cigarette et déclarait qu'elle jouerait au tennis cet après-midi. Les adolescents se disputaient pour savoir qui aurait l'honneur d'être son partenaire avec la même angoisse que les courtisans du Roi-Soleil se demandant s'ils seraient du prochain Marly. Réoyon, d'une voix de chanoine, leur proposait de tirer à la courte paille.

Chaque personne de passage sous la pergola saluait Daniel Desoto, sa femme et le docteur Réoyon. Le barman nous couvait et devançait nos moindres désirs. Daniel et Gunilla Desoto étaient les monarques de ce tennis-club, tous les membres de celui-ci leurs sujets, et le docteur Réoyon leur éminence grise. Sans doute Dany avait-il ce que l'on a coutume d'appeler dans les clubs de tennis et de golf une « grosse situation ». Et j'étais fier pour mon ami de constater qu'il s'était marié avec une très jolie femme et qu'il était devenu un homme de poids.

Je connais bien les pierres précieuses et je remarquai aux doigts de la main de Gunilla Desoto une émeraude de l'Oural et un diamant de la plus belle eau. Je levai la tête et mon regard rencontra celui du docteur Réoyon. Etrange regard, comme celui que lance le tricheur professionnel à un nouveau venu qu'il soupçonne d'avoir, lui aussi, des cartes biseautées.

— Belles pierres, non? Je les ai conseillées à Gunilla pour leur vertu thérapeutique, me dit Réoyon.

— C'est-à-dire? demandai-je.

— Cela veut dire que le docteur Réoyon peut vous guérir de n'importe quelle douleur, me déclara Gunilla sèchement.

— C'est vrai, mon vieux, renchérit Daniel Desoto. Et le docteur Réoyon peut t'endormir en une minute, là... Il suffit qu'il te masse le front... Allez-y docteur.

— Ne faites pas l'enfant, Daniel.

Les lèvres sinueuses et ourlées du docteur se contractaient. La dureté de son visage me glaça.

— Excusez-moi, docteur... Je voulais simplement montrer à mon ami de quoi vous étiez capable...

— La médecine est une chose sérieuse, Daniel.

Il avait retrouvé son ton doucereux.

— Le docteur Réoyon a raison, mon chéri, trancha Gunilla.

Pendant tout l'après-midi, je demeurai assis sous la pergola. Daniel Desoto avait réservé le court central pour jouer au tennis. Par instants, il faisait une brève apparition, de plus en plus nerveux, répétant qu' « il n'était pas en forme », en dépit des encouragements que ne cessaient de lui prodiguer ses jeunes admirateurs. Gunilla, inquiète, m'expliquait, de sa voix grave, que Daniel ne tenait pas en place et qu'il avait toujours besoin de se dépenser. Heureusement que le docteur Réoyon veillait sur lui.

A la fin de la partie, Daniel lança d'un geste rageur sa raquette de tennis contre l'une des colonnes de la pergola, et s'en alla bouder, comme un enfant, au bar. On devait avoir l'habitude, parmi ceux qui l'entouraient, de ces accès de mauvaise humeur, puisque aucun de ses courtisans — pas même le docteur Réoyon — ne vint troubler sa bouderie, et que Gunilla s'esquiva, après avoir ramassé la raquette de Daniel et glissé quelques mots à l'oreille du docteur Réoyon qui hocha la tête et disparut à son tour.

Je tapai sur l'épaule de Daniel. Il se retourna et me sourit, de ce bon sourire un peu triste qui était le sien, au temps du collège. Puis il m'entraîna tout au bout de la pergola, où il n'y avait personne. Nous nous assîmes sur un banc.

— Et Daddy? lui demandai-je.

Eh bien, Daddy était toujours là. A soixante-quinze ans, Daddy tenait encore très bien le coup. Et Desoto m'expliqua que, justement, ils passaient des vacances ici, lui et sa femme, avec Daddy et Mammy, ainsi appelait-il sa mère. Ils habitaient tous le Bellevue, cet hôtel où chaque année, depuis sa petite enfance, lui, Daniel, faisait un séjour d'un mois avec Daddy et Mammy. Le Bellevue — me disait-il — était un peu leur maison. Et le club de tennis son terroir : Daddy l'y avait inscrit à l'âge de trois ans, par dérogation.

Et comme nous étions de très vieux amis, il me révéla tout : après un an de tergiversations, au cours duquel Daniel avait « mangé de la vache enragée » en travaillant chez un ami compréhensif de son père, Daddy avait enfin accepté qu'il se mariât avec Gunilla, à condition que Gunilla abandonnât son métier de mannequin et qu'elle se convertît au judaïsme. Daddy leur avait acheté un grand appartement, rue Jean-Goujon et Mammy s'était occupée de la décoration. Oui, c'était Daddy qui lui avait prêté l'argent pour qu'il offrît des bijoux à Gunilla.

Daddy lui avait confié un petit travail pas trop absorbant dans sa société d'import-export de films. L'avantage, c'est qu'on voyageait beaucoup et qu'on ne manquait aucun Festival de Cannes, ce qui amusait beaucoup Gunilla.

Et le docteur Réoyon là-dedans? Je sentis une réticence chez Daniel. Oh! le docteur Réoyon était une sorte de conseiller qui les accompagnait dans tous leurs déplacements. Il habitait avec eux, rue Jean-Goujon. Gunilla et lui devaient beaucoup au docteur Réoyon. Et Daddy, qu'est-ce qu'il en pensait de ce docteur? Cette fois-ci, Daniel ne répondit pas. Il dévia la conversation en me déclarant que lui et Gunilla voulaient avoir un enfant. Rue Jean-Goujon, dans l'appartement, la nursery était déjà prête. Une très grande nursery bleu ciel. Et Daniel m'avoua qu'il y venait quelquefois dormir tout seul. Drôle d'idée, non?

Il m'accompagna jusqu'à l'entrée du club de tennis qui marquait la frontière de son royaume. Il parut touché quand je lui dis de transmettre mes amitiés et mon bon souvenir à Daddy et à Mammy. Je traversai la route nationale et me retournai. Alors je le vis qui me faisait un signe du bras, l'air accablé d'un éternel prince de Galles, sa mèche blanche rabattue sur le front, cette mèche qui était le seul signe de vieillissement chez lui, mais à laquelle on ne pouvait pas croire, cette mèche d'une telle blancheur que les cheveux paraissaient teints.

*

Quelqu'un me pressait doucement l'épaule. Je me retournai. Le docteur Réoyon.

— Je voudrais vous parler, me dit-il d'une voix sourde.

Il portait sous son bras une mince serviette de cuir marron dont la couleur contrastait avec le blanc immaculé de sa tenue de tennis. Par quel hasard était-il là? Nous avait-il suivis, Daniel et moi, à notre sortie du club? Ou bien s'était-il posté au bord de la route en m'attendant?

— Venez par ici, s'il vous plaît...

Nous arrivâmes bientôt à la hauteur d'un Golf miniature, dont le terrain était protégé de la Nationale par des barrières en bois blanc et des buissons de troènes. Une femme blonde s'affairait derrière le comptoir d'un petit bâtiment de style rustique au toit de chaume.

— C'est pour une partie, docteur?

Et déjà, elle lui tendait un club de golf.

— Non, non. C'est juste pour prendre un verre.

Il me fit signe de m'asseoir à l'une des tables.

— Deux sirops d'orgeat...

— Bien, docteur.

Il avait posé sa serviette à plat sur la table et en caressait le cuir, du bout des doigts.

— Je préférerais que vous ne voyiez plus Daniel, me dit-il sèchement.

— Pourquoi?

— Parce que je pense que ce n'est pas bon pour lui.

Il me transperçait de son regard de serpent. Il voulait m'effrayer, sans doute. Mais moi, j'avais plutôt envie de rire.

— En quoi je pourrais lui faire du mal? Je suis l'un de ses amis d'enfance...

— Vous venez de prononcer le mot juste.

Son ton s'était radouci. De nouveau cette manière onctueuse, dentale, de parler. Et il continuait de caresser le cuir de sa serviette. Sa main allait et venait et une image me traversa l'esprit, avec la précision et la force d'une évidence : cette main, je la voyais caresser doucement les fesses de Gunilla Desoto.

— Vous vous entendez bien avec la femme de Daniel? lui demandai-je à brûle-pourpoint.

— Très bien. Pourquoi?

— Comme ça...

— Tout à l'heure vous avez prononcé un mot capital, dit Réoyon, nerveux. Le mot : enfance... Daniel est resté un enfant... Voilà bien le problème...

Il avala lentement une gorgée de sirop d'orgeat puis remua ses lèvres comme un taste-vin qui goûte un nouveau cru.

— Et vis-à-vis des enfants, il y a une certaine conduite à suivre... Il faut beaucoup d'autorité... Je suis là pour ça... Les parents de Daniel sont trop faibles et trop vieux... Je suis le seul à pouvoir résoudre le problème... Avec, bien sûr, l'accord total de sa femme.

Maintenant, de l'index, il caressait la fermeture Eclair de la serviette.

— Si je préfère que vous ne voyiez plus Daniel, c'est pour son bien... Tout ce qui lui rappelle l'enfance ou le collège ne ferait qu'aggraver son cas... Je suis désolé de vous dire que vous auriez une influence néfaste sur lui... Laissez-le tranquille...

Il ne trouvait certainement pas à son goût mon sourire.

— La situation est beaucoup plus sérieuse que vous ne le croyez... Les parents de Daniel le comprennent très bien et me laissent carte blanche... J'ai ici tous les papiers qui prouveront ce que je vous dis...

Il tira la fermeture Eclair de sa serviette avec la lenteur et la délicatesse que l'on met à séparer deux pétales d'une fleur.

— Vous voulez voir les papiers?

— Ce n'est pas la peine.

J'avançais la tête vers lui et gardais mon sourire aux lèvres, un sourire sans doute menaçant.

— Je suis le tuteur de Daniel... Un tuteur tout à fait officiel, murmura Réoyon.

— Et que pense sa femme de tout cela? demandai-je.

— Elle m'approuve entièrement. Et elle m'aide dans ma tâche.

Il s'était levé et se tenait raide devant moi, dans sa tenue de tennis, la serviette de cuir brun sous le bras. Des buissons, me parvenait, par bouffées, un parfum de troènes aussi fort que celui du labyrinthe de Valvert.

— Vous m'excuserez, monsieur, me dit-il, mais Mme Desoto m'attend pour une séance de massage.

VIII

Chaque année, au mois de juin, un dimanche, la fête du collège réunissait les parents et les amis. On l'appelait la « Fête des Sports », et ces deux mots, à eux seuls, indiquent l'esprit particulier à notre école où le sport primait tout. Sur l'écusson bleu à triangle d'or, cousu à nos blazers, le mot : SPORTS était écrit, à la base du triangle, tel une devise ou un impératif.

Kovnovitzine triomphait ces dimanches-là. Je le revois, tête haute, en chemise Lacoste, espadrilles et pantalons blancs, qui présidait à l'ordonnance de la cérémonie comme jadis le marquis de Cuevas au déroulement de ses ballets. Choura, son labrador, avait la permission exceptionnelle de se promener sans collier. Et nous, les élèves, nous rivalisions de prouesses : courses de cent mètres, exercices athlétiques, parcours chronométré de la piste Hébert, épreuve de saut à la perche. La fête se terminait, au crépuscule, par un match de hockey, que Pedro arbitrait lui-même.

Les vedettes de cette journée étaient, sans conteste, les sauteurs à la perche. Le meilleur recevait une coupe de la main de Kovnovitzine. Mais, cette année-là, je prêtais beaucoup moins d'attention aux exploits de mes camarades, qu'à Martine, la sœur d'Yvon.

Elle était allongée en maillot de bain, sur l'herbe, au bord de la piscine. Les héros du jour l'entouraient : nos aînés, Christian Winegrain et Bourdon, grands vainqueurs de l'épreuve de saut à la perche, Philippe Yotlande, Mc Fowles, Charell, d'autres encore... A tous, Yvon avait présenté sa sœur et se tenait à ses côtés, timide et grave, comme un interprète ou un écuyer. Et fier du succès que remportait Martine.

Et moi aussi, à observer la manière dont ils s'efforçaient de briller auprès d'elle, j'éprouvais une certaine fierté. Aucune fille, j'en étais convaincu, n'avait cette chevelure auburn, ces yeux clairs, ce nez un peu retroussé au bout, ces cuisses longues et ce mouvement gracieux du buste pour se tourner et allumer une cigarette au briquet que lui tendait Winegrain. C'était mon amie d'enfance.

Son frère et elle habitaient au village, rue du Docteur-Dordaine une maison à la façade recouverte de lierre, et Yvon fréquentait le collège en qualité de demi-pensionnaire. Nous l'enviions de rentrer chaque soir chez lui. Son père exerçait le métier de pépiniériste. Dans les serres, derrière la maison, avaient lieu jadis nos parties de cache-cache : j'avais habité ce village pendant trois ans et connu Yvon et sa sœur à l'école Jeanne-d'Arc. Yvon, elle et moi nous avions le même âge à l'époque — neuf ou dix ans —, mais il me semblait qu'en ce temps-là Martine était aussi grande que maintenant, au bord de cette piscine. C'était elle qui nous préparait nos goûters et nous emmenait nous promener en forêt jusqu'au hameau des Metz, elle qui décidait des parties de cache-cache ou de cerf-volant.

101

Mon seul avantage sur les autres était d'avoir connu Martine bien avant eux.

En son honneur, Winegrain et Bourdon se livraient à des plongeons de plus en plus spectaculaires, le premier au saut de l'ange, le second au saut carpé après avoir marché sur les mains jusqu'au bord de la piscine. A l'occasion de la fête des sports, on avait versé un peu trop de bleu de méthylène dans cette piscine, et quand ils revenaient s'asseoir parmi nous, Winegrain et Bourdon portaient sur les bras et sur les jambes comme des traînées d'encre.

Un homme d'une quarantaine d'années s'était joint à notre groupe. Ancien élève de notre collège ou simplement l'un de ceux que Yotlande et Winegrain avaient rencontrés au cours des nombreuses soirées dont ils étaient les boute-en-train à Paris?

Lui aussi paraissait captivé par Martine. Il ne la quittait pas du regard. Tout à l'heure, il s'était présenté d'une voix grêle : da Silva et comme il avait fait allusion à un voyage imminent à São Paulo, j'en avais conclu qu'il était brésilien. Il parlait le français sans le moindre accent. Pourquoi Winegrain, Bourdon et Yotlande l'appelaient-ils familièrement « Baby »? A cause de son visage rond, de ses cheveux bruns bouclés? D'un zézaiement presque imperceptible?

— Vous êtes... élève de ce collège? demanda-t-il à Martine.

Winegrain éclata de rire.

— Elle? Elève de Valvert? Mon pauvre Baby...

Puis se tournant vers Martine :

— Excusez-le... Il n'a pas l'habitude... Au Brésil...

— Vous êtes vraiment brésilien? demanda Martine. Son brusque intérêt pour ce Baby da Silva nous inquiétait, Yvon et moi.

— Vous faites bien de poser la question, dit Winegrain. Depuis que je connais Baby, j'ai un doute là-dessus.

— Ne l'écoutez pas, mademoiselle, dit Baby de sa voix grêle. Je suis brésilien et si vous êtes gentille, je vous montrerai mon passeport.

Elle n'assista pas au match de hockey. Et pourtant Winegrain et Bourdon la supplièrent de rester en lui affirmant que sa présence était nécessaire. Elle ne se laissa pas fléchir. Dans sa robe bleu ciel, elle se dirigeait vers le portail du collège de cette démarche paresseuse qu'elle avait déjà les jeudis après-midi, en forêt, quand Yvon, elle et moi, nous allions ramasser les châtaignes.

Winegrain tenta de lui prendre le bras, mais elle se dégagea en riant.

— Vous ne voulez pas faire comme si nous venions de nous marier? lui demanda-t-il.

— Non... je ne veux pas me marier avec vous.

— Alors, avec qui vous voulez vous marier? demanda Bourdon.

— Avec le plus riche, dit Martine.

Le plus riche, c'était certainement Winegrain que nous surnommions « Le fils du comptoir d'Escompte ». Ou Mc Fowles dont la grand-mère américaine avait créé les produits de beauté Harriet Strauss.

— Tu sais, ils sont tous riches, dit Yvon d'un ton accablé.

— Le plus riche, je crois que c'est quand même Baby, dit Winegrain. N'est-ce pas Baby?

Baby haussa les épaules.

— N'oubliez pas, mademoiselle, que je dois vous montrer mon passeport, dit Baby avec un sourire insinuant.

— J'y compte bien...

De quelle nature était le regard qu'elle fixait sur ce Baby da Silva? Ironique? Intéressé? Ou les deux à la fois?

Elle quitta le groupe sans dire au revoir, comme si elle était lasse de notre compagnie. Elle nous plantait là, franchissait le portail du collège, traversait le petit pont sur la Bièvre. Et nous, nous restions derrière la grille à suivre des yeux la tache tendre de sa robe dans le crépuscule.

*

Désormais, ils venaient la chercher chaque samedi à bord d'une Lancia ou d'une grosse voiture anglaise que conduisait da Silva. Auparavant, celui-ci passait au collège pour prendre Winegrain, Bourdon et deux ou trois autres qui se pressaient sur le siège arrière. Baby freinait brusquement devant la maison de la rue du Docteur-Dordaine et klaxonnait plusieurs fois. Martine nous embrassait, Yvon et moi, l'esprit déjà occupé ailleurs. Elle courait jusqu'à la voiture et celle-ci descendait en trombe l'avenue bordée de tilleuls qui rejoignait la Nationale.

Moi, je restais au village avec Yvon. Il n'avait plus le cœur d'aller à Paris, comme il le faisait d'habitude en compagnie de sa sœur, le samedi après-midi. Ces jours-là, je les attendais tous les deux, gare Montparnasse. Nous assistions à une séance de cinéma ou bien Martine nous entraînait dans les magasins. L'été, nous nous promenions au bois de Boulogne et nous dînions d'un sandwich à la terrasse d'un café. Je les raccompagnais à Montparnasse à l'heure du dernier train.

Maintenant, sans Martine, les après-midi nous paraissaient vides et nous éprouvions de la jalousie pour Winegrain, Bourdon, Yotlande et les autres membres de la bande dont elle était devenue l'égérie. Ils nous dédaignaient Yvon et moi à cause de notre âge. Tous avaient dix-neuf ou vingt ans, bien qu'ils fussent encore élèves des classes de seconde et de première.

Et Baby da Silva, quel était son rôle exact parmi eux ?

Elle rentrait vers dix heures du soir et je me trouvais encore avec Yvon dans sa chambre ou dans le jardin. Elle faisait le moins de bruit possible mais nous surprenions le glissement furtif de ses pas. Elle ne voulait jamais nous dire d'une manière précise à quoi elle avait passé sa journée. Quelquefois, elle nous confiait que les autres l'avaient emmenée au cinéma ou dans une surprise-party. Elle nous questionnait à son tour. Elle semblait un peu gênée de nous abandonner le samedi, et un soir, pour nous montrer, sans doute, qu'elle gardait son indépendance, elle nous expliqua que Winegrain avait voulu lui offrir un briquet en or et laque noire, mais qu'elle avait refusé ce cadeau. Elle avait refusé aussi le « Beauty Case Harriet Strauss » en crocodile bleu, présent de Mc Fowles.

Winegrain, paraît-il, lui avait demandé à qui elle « accorderait ses faveurs ». Et elle avait répondu qu' « elle ne les accorderait à personne ».

Nous tâchions, Yvon et moi, d'en savoir plus long au collège, en écoutant les conversations des membres de leur bande. Mais, à notre approche, ils parlaient bas et ricanaient comme s'ils savaient quelque chose sur Martine dont nous deux nous ne pouvions pas nous douter.

Un jour, pendant la grande récréation sur la pelouse, Winegrain nous déclara à Yvon et à moi d'un ton aigre que Martine avait le « béguin » pour Baby da Silva.

*

En effet, c'était Baby, maintenant, et lui seul qui venait la chercher le samedi, rue du Docteur-Dordaine. Yvon avait demandé à sa sœur si nous ne pourrions pas, tous les deux, l'accompagner, mais elle avait refusé d'un ton sec. Et puis, se rendant compte qu'elle nous avait fait de la peine, elle avait dit :

— Je lui en parlerai la prochaine fois.

Mais elle n'avait jamais dû lui en parler, et nous, nous n'osions pas lui rappeler sa promesse.

Elle guettait la Lancia de la fenêtre de la chambre d'Yvon. Elle n'était déjà plus avec nous. Sa nouvelle robe et ses chaussures à talons hauts la vieillissaient. Elle s'était maquillée.

Il n'avait plus besoin de klaxonner. A peine la Lancia s'était-elle arrêtée devant la maison que Martine descendait très vite l'escalier. Il avait ouvert la portière et elle s'engouffrait dans la voiture à côté de lui. Il démarrait brusquement et cette hâte nous semblait louche à Yvon et à moi.

*

Il la ramenait un peu plus tard, au fil des semaines. D'abord dix heures, puis onze heures, puis minuit. Nous attendions son retour, Yvon et moi.

Un samedi, nous avons attendu jusqu'à deux heures du matin. Les parents d'Yvon étaient absents le samedi et le dimanche et une vieille tante qui occupait un pavillon, derrière la maison, nous préparait les repas et veillait sur nous. Mais elle se couchait très tôt.

Nous commencions à nous inquiéter et Yvon voulait téléphoner à Winegrain ou à Bourdon, mais nous n'avions ni l'adresse, ni le numéro de téléphone d'aucun des membres de la bande. Ce Baby da Silva figurait-il dans le Bottin? Habitait-il Paris? Quand nous lui posions la question, Martine ne répondait jamais. Pourtant, elle devait bien connaître son adresse.

Nous avons entendu un bruit de moteur qui se détachait de plus en plus nettement du silence. La Lancia est apparue au bas de l'avenue bordée de tilleuls. Sa carrosserie grise brillait sous la lune. Yvon a éteint la lumière de sa chambre pour qu'ils ne nous voient pas derrière la fenêtre. La Lancia montait la pente au ralenti. Elle s'est arrêtée devant la maison mais le moteur marchait toujours. Le claquement d'une portière. Des éclats de rire. La voix de da Silva. Derrière la fenêtre, nous retenions notre souffle, Yvon et moi. Martine s'est penchée vers la vitre et a embrassé Baby. Celui-ci, avant de démarrer, a fait ronfler très fort le moteur, comme à son habitude. Drôle d'habitude. Martine, debout, immobile, au bord du trottoir, attendait que la voiture eût tourné le coin de l'avenue.

Elle a claqué la porte de la maison derrière elle, et

dans l'escalier son pas était plus lourd qu'à l'ordinaire. Le bruit d'une chute. Elle a éclaté de rire. Etait-elle ivre?

Elle a poussé la porte de la chambre d'Yvon. Sa silhouette se découpait dans l'embrasure, à la lumière du couloir.

— Qu'est-ce que vous faites dans le noir tous les deux?

Elle a allumé et nous a regardés l'un et l'autre, avec curiosité. Puis elle a éclaté de rire, de nouveau.

— On t'attendait, a dit Yvon.

— Ça, c'est une bonne idée de m'attendre.

Ses joues étaient légèrement rosies, ses yeux brillants. J'avais la certitude que si nous la touchions, un courant électrique nous traverserait. Ses cheveux, ses yeux clairs, sa bouche rouge, sa peau semblaient phosphorescents.

— J'ai une grande nouvelle à vous annoncer.

Nous étions tous les deux assis par terre, le dos appuyé contre le lit d'Yvon.

— Ne restez pas comme ça... Vous faites des têtes d'enterrement.

— Tu t'es bien amusée? a demandé Yvon d'un ton sec.

— Oui. Beaucoup. Mais j'ai quelque chose de très important à vous annoncer... Nous pourrions descendre au salon...

Elle nous tira par le bras, en riant. A son parfum se mêlait une très légère odeur d'alcool dont je me demandais si c'était celle du cognac ou du rhum.

*

Dans le salon, elle se dirigea vers l'armoire à liqueurs et l'ouvrit.

— On boit quelque chose?... D'accord?

Elle prit un flacon qui contenait un liquide couleur grenat et sur lequel était fixée, par une petite chaîne, une plaque d'argent en forme de cœur.

Elle versa l'alcool dans les verres.

— Maintenant, nous allons trinquer!

Nous trinquâmes. Pour la première fois, nous buvions un alcool dans ce salon, et nous nous sentions un peu gênés Yvon et moi, comme si nous commettions un sacrilège et que nous nous étions introduits là par effraction.

Elle se laissa tomber dans l'un des fauteuils.

— Voilà! J'ai décidé de me marier, dit Martine dans un souffle.

Yvon la dévisageait, les yeux écarquillés. Une expression de frayeur passa dans son regard.

— Toi? te marier?

Elle serrait entre ses doigts la plaque d'argent du flacon de liqueur. Elle l'enfila à son poignet.

— Alors, tu vas nous laisser tomber?

C'était elle, maintenant, qui considérait son frère avec stupéfaction. La plaque d'argent avait glissé de son poignet.

— Vous laisser tomber? Qu'est-ce que tu veux dire par là?

— Et avec qui tu vas te marier? demanda Yvon.

— Avec Baby... Baby da Silva...

Ce surnom me donnait envie de rire. D'un rire nerveux. Baby.

— Le Brésilien?

— Oui... Vous savez, il est très gentil... Je suis sûre que vous vous entendrez bien avec lui.

— Mais tu n'as peut-être pas besoin de te marier, dit Yvon d'une voix timide.

Il y eut un instant de silence. J'aurais voulu moi aussi intervenir. Je cherchais des mots pour lui dire qu'après tout le mariage était inutile. Mais je n'osais pas ouvrir la bouche.

— Si... Si... je vais me marier...

Le ton était sec, sans réplique. Nous nous tenions chacun, raide, dans notre fauteuil.

— Je ne vois pas ce que ça peut changer..., dit Martine. Tout sera comme avant... Tenez... Il m'a offert une bague de fiançailles.

Elle nous tendait la main pour que nous admirions sa bague. J'étais bien jeune à l'époque, mais je connaissais les pierres précieuses. Celle-ci était un superbe diamant blanc-bleu monté sur platine.

Elle se pencha vers nous.

— Baby est très riche... Il a de grandes propriétés au Brésil... Je lui dirai qu'on ne peut pas se quitter... Vous viendrez vivre avec nous... D'ailleurs, il est prêt à faire tout ce que je veux...

Mais cela manquait de conviction. Quelque chose touchait à sa fin. Je jetai un regard autour de moi. Je connaissais chaque meuble, chaque recoin de ce salon. C'était là que nous jouions, après les promenades en forêt, là que nous fêtions les anniversaires de Martine et d'Yvon. Un ou deux Noëls aussi. Le sapin devant la baie vitrée en rotonde. Il y avait une photo sur la commode, dans un cadre de cuir : Yvon et moi, nous portions des culottes courtes et Martine, appuyée contre le tronc d'un arbre, croquait une pomme.

— Milliardaire... Baby est milliardaire, vous savez..., répétait Martine. D'ailleurs, je lui demanderai de vous acheter une maison au Brésil...

Elle n'avait pas ôté son manteau. La dernière fois,

110

pensais-je, que nous étions réunis tous les trois dans le salon...

*

Je me souviendrai toujours de cet immeuble de la rue des Belles-Feuilles, dans la partie de la rue qui descend jusqu'au rond-point Bugeaud. Winegrain avait téléphoné à Yvon vers cinq heures du soir ce samedi-là, pour lui dire qu' « ils » fêtaient les fiançailles de Martine et de Baby da Silva et que notre présence était souhaitée.

Nous avons pris le train, et à Montparnasse le métro jusqu'à « Porte Dauphine ». L'immeuble était donc, comme nous l'avait indiqué Winegrain, au coin de la rue des Belles-Feuilles et d'une impasse du même nom. Façade beige, sans balcons, ni corniches. Fenêtres petites et carrées, quelques-unes en forme de hublots. La Lancia était garée au fond de l'impasse. A la droite du porche, une plaque de marbre aux lettres ternies : « Appartements meublés ».

Il faisait déjà nuit. Février ? Mars ? Des gouttes de pluie. Nous avions ôté nos chandails, Yvon et moi, car l'air était tiède.

Un large couloir au tapis de velours rouge. Du côté gauche, des portes vitrées. Winegrain nous attendait dans l'embrasure de l'une d'elles et nous fit signe d'entrer.

On n'aurait pu dire s'il s'agissait d'une salle d'attente ou de la salle à manger d'un hôtel. Des murs tendus d'un tissu écossais. Des tables rondes et des chaises de bois foncé. Bourdon, Leandri et un autre, que je ne connaissais pas étaient vautrés sur le canapé de cuir contre le mur.

111

— Asseyez-vous, nous dit Winegrain.

Nous nous assîmes à l'une des tables sur laquelle étaient disposées des tasses, une théière, une bouteille et des coupes de champagne.

— Un peu de thé?

Il remplit deux tasses.

— Martine ne va pas tarder. Elle est là-haut, chez Baby...

— Il habite ici? demanda Yvon d'une voix blanche.

— Oui. Il loue une chambre meublée, dit Winegrain.

Les autres fumaient en silence. Leandri s'était endormi. La lumière venait d'une lampe à abat-jour rose, près de nous et aussi, à travers deux battants vitrés, d'une cabine téléphonique encastrée dans le mur du fond.

— Je suis vraiment content que vous soyez là tous les deux, dit Winegrain.

Les autres nous épiaient maintenant avec de drôles de sourires.

— Martine veut donc se marier avec Baby, reprit Winegrain de la voix sentencieuse d'un professeur qui énonce un théorème. Moi, personnellement, je ne suis pas d'accord. Et vous?

— Je ne sais pas, dit Yvon.

Il faisait vraiment très chaud dans cette pièce et j'étais en sueur. Yvon aussi.

— Mais vous, vous êtes de la famille... Vous pourriez avoir une influence sur elle... Je crois qu'il faudrait lui parler...

Il se versa une coupe de champagne et la but cul sec. Le rouge lui monta aux joues. Il avait un éclair de méchanceté dans le regard.

— Je connais Baby depuis longtemps... Ce serait vraiment une erreur si elle épousait Baby... surtout...

Il serrait le poignet d'Yvon.

— Surtout, ne pensez pas qu'il y ait une quelconque jalousie de ma part...

Il se retourna vers les autres comme pour les prendre à témoin.

— Tu n'as aucune raison d'être jaloux de ce type, dit Bourdon.

— J'ai été seulement déçu, soupira Winegrain. Martine m'a déçu... Je pensais qu'elle avait meilleur goût...

— Martine fait ce qu'elle a envie de faire, dit sèchement Yvon. Ça ne te regarde pas.

Je me demandais pourquoi nous restions assis dans ce salon. Yvon pensait la même chose que moi puisqu'il se leva.

— Attends, dit Winegrain. Je vais leur dire de descendre... Ils ne savent pas que vous êtes là... C'est une surprise.

Il se dirigea vers la cabine téléphonique d'une démarche titubante, poussa les battants vitrés d'un coup d'épaule et décrocha lentement le combiné du téléphone. Yvon était debout.

Il sortit de la cabine et vint tapoter l'épaule d'Yvon.

— Baby descend tout de suite... Ta sœur ne va pas tarder.

Nous étions de nouveau assis, les yeux fixés vers la grille de l'ascenseur, au début du couloir, à gauche.

— Il fait une chaleur de fournaise, ici, dit Winegrain.

Il alla ouvrir l'une des fenêtres. Une odeur de pluie et de feuillage envahit la pièce et le vent souleva légèrement la nappe blanche de notre table. L'ascenseur descendait dans une plainte aiguë et monocorde. La grille s'ouvrit, laissant passage à da Silva. Il entra au salon et parut surpris de notre présence, à Yvon et à moi, mais il ne nous dit même pas bonjour. Il était vêtu d'un complet bleu marine, très strict.

— Et Martine? demanda Winegrain.

— Elle est restée au lit, dit da Silva de sa curieuse voix de tête. Moi, il faut que j'aille travailler... Je dois aller chercher une cliente américaine à la gare de Lyon...

— Tu en as pour longtemps?

— Non... Je dois la déposer à Neuilly... Ce qui est emmerdant, c'est qu'il faut d'abord que je prenne la Daimler au garage... Et puis l'Américaine ne veut pas que je la quitte d'une semelle... Elle ne peut pas s'endormir sans que je lui tienne la main...

Winegrain nous jetait des regards furtifs et curieux, comme s'il voulait vérifier sur nous l'effet de ces paroles. Etait-ce à cette Américaine qu'avait appartenu le diamant blanc-bleu que da Silva avait offert à Martine comme bague de fiançailles?

Da Silva pénétra dans un petit cagıbı, a côté de la cabine téléphonique, et, à sa sortie, il était coiffé d'une casquette bleu marine à visière noire de chauffeur de maître. Et cette casquette, bizarrement, lui donnait un tout autre visage que celui que nous lui connaissions. Il n'avait plus son air enfantin, mais la peau blanche et bouffie de certains barmen de nuit, l'œil plissé, et les lèvres minces, surtout la supérieure, inexistante. Le tout donnait à la fois une impression de veulerie et de dureté.

— Salut la compagnie... Ce soir, je ne pourrai pas raccompagner Martine. Je compte sur vous...

114

Sa voix non plus n'était plus la même. Elle grasseyait.

— Tu vas au cercle Gaillon, cette nuit? demanda Winegrain.

— Si l'Américaine s'endort vite...

— Alors, tu joues pour moi.

Winegrain lui tendit une liasse de billets. Da Silva les compta après avoir humecté son index de salive.

— J'espère que j'aurai la baraka. Salut!

Il tourna sur ses talons, à la manière appliquée d'un danseur mondain et sortit de la pièce. Au bout d'un instant, on entendit le moteur de la Lancia.

— Maintenant, il faut que nous parlions tous les trois, dit Winegrain en se penchant vers nous. Je compte sur vous pour prévenir Martine... Ce type n'est ni milliardaire, ni brésilien...

Il eut un petit rire étranglé.

— Je l'ai connu quand il travaillait au bowling de la porte Maillot... Maintenant, il est chauffeur... Et demain...

Yvon avait baissé la tête comme s'il ne voulait rien ntendre.

— Il se fait appeler da Silva... Mais son vrai nom c'est Richard Mouliade... Mouliade... Mou-lia-de...

Ce nom aux sonorités liquides me donnait un hautle-cœur. C'était comme le remous de la vase, engloutissant le corps de quelqu'un.

— En plus, il a un casier judiciaire... C'est vraiment très mauvais pour Martine...

De nouveau, ce rire étranglé. Le sol se dérobait sous moi. Le salon tanguait. J'avais vraiment mal au cœur. Le vent gonflait par en dessous la nappe de la table et je cherchais quelque chose de fixe à quoi me retenir. Mon regard s'accrocha à un grand lustre éteint, juste au-dessus de nous, dont les pendeloques brillaient d'un éclat gris.

— Que voulez-vous, quand on est amoureuse..., murmurait Winegrain.

IX

Nous passions les lundis après-midi d'automne à des travaux que M. Jeanschmidt appelait « de jardinage », ratissant les feuilles mortes des pelouses, toute la classe sur un rang, à reculons, derrière Pedro. Et puis nous chargions les tas de feuilles sur des brouettes que nous allions verser dans un terrain vague, à côté de la baraque du vestiaire.

Un soir de mai, pendant la récréation, Pedro m'avait surpris à contempler les feuillages du grand platane, au bord de la pelouse.

— A quoi pensez-vous, mon petit ?

— Aux feuilles qu'il faudra ratisser l'automne prochain, monsieur.

Il avait froncé les sourcils.

— C'est comme les élèves, m'avait répondu gravement Pedro. Les anciens partent, les nouveaux viennent. Les nouveaux deviennent des anciens et ainsi de suite... Exactement comme les feuilles...

Je me suis alors demandé s'il gardait quelques traces : vieux bulletins, vieilles rédactions, de toutes ces feuilles qui se renouvellent d'année en année.

Bien sûr, plusieurs « anciens » demeuraient vivants dans la légende du collège : Johnny, par exemple, dont le nom était gravé sur l'une des cases du vestiaire, ce vestiaire à l'odeur de bois mouillé près duquel nous déversions, en automne, nos brouettes... Pedro nous avait si souvent raconté l'histoire de Johnny qu'il me semblait l'avoir connu aussi bien qu'un camarade de classe.

Chaque fois que je pense à Johnny, c'est dans l'appartement de sa grand-mère, avenue du Général-Balfourier, que je le vois. En l'absence de celle-ci, quelqu'un faisait le ménage régulièrement puisqu'il n'y avait aucune poussière sur les meubles et que les parquets brillaient si fort que Johnny, intimidé, marchait sur la pointe des pieds.

A la fin de l'après-midi, le soleil dessinait un grand rectangle d'un jaune de sable, au milieu du tapis. La lumière baignait les rayonnages de la bibliothèque et les murs d'une gaze, comme les housses qui recouvrent les meubles des appartements désaffectés. Assis sur le divan, Johnny étendait la jambe, et la chaussure de son pied droit atteignait en son centre la tache lumineuse du tapis. Il contemplait, immobile, le reflet du soleil sur le cuir noir de cette chaussure et bientôt il avait l'impression qu'elle n'était plus reliée à son corps. Une chaussure abandonnée pour l'éternité au milieu d'un rectangle de lumière. La nuit tombait peu à peu. On avait coupé l'électricité et à mesure que la pénombre envahissait l'appartement, il éprouvait une angoisse de plus en plus lourde. Pourquoi était-il resté à Paris, tout seul? Oui, pourquoi? Sans doute, l'engourdissement et la paralysie des mauvais rêves, à l'instant de fuir un danger ou de prendre un train...

Et pourtant, à Paris, cet été-là, il faisait beau et Johnny avait eu vingt-deux ans. Son vrai prénom était Kurt mais, depuis longtemps, on l'appelait Johnny à cause de sa ressemblance avec Johnny Weissmuller, un sportif et une vedette de cinéma qu'il admirait. Johnny était surtout doué pour le ski dont il avait appris les finesses en compagnie des moniteurs de San-Anton, quand sa grand-mère et lui vivaient encore en Autriche. Il voulait devenir skieur professionnel.

Il avait même cru qu'il marchait sur les traces de Weissmuller le jour où on lui proposa un rôle de figuration dans un film de montagne. Quelque temps après le tournage, sa grand-mère et lui avaient quitté l'Autriche, à cause de l'Anschluss. En France, on l'avait inscrit à l'école de Valvert. Il y était resté jusqu'à la déclaration de guerre.

Maintenant, chaque soir, vers huit heures et demie, il quittait l'appartement vide de sa grand-mère et prenait le métro jusqu'à « Passy ». Là, on arrivait dans la petite gare d'une station thermale ou au terminus d'un funiculaire. Par les escaliers, il gagnait l'un des immeubles en contrebas, proches du square de l'Alboni, dans cette zone étagée de Passy qui évoque Monte-Carlo.

Au sommet de l'un de ces immeubles, habitait une femme de quinze ans son aînée, une certaine Arlette d'Alwyn dont il avait fait connaissance à la terrasse d'un café de l'avenue Delessert au mois d'avril de cette année.

Elle lui avait expliqué qu'elle était mariée à un officier aviateur dont elle ne recevait plus de nouvelles depuis le début de la guerre. Elle pensait qu'il était en Syrie ou à Londres. Au bord de la table de nuit, bien en évidence, la photo encadrée de cuir grenat d'un bel homme brun aux moustaches fines, vêtu d'une combinaison d'aviateur. Mais cette photo semblait une photo de cinéma. Et pourquoi son seul nom, Arlette d'Alwyn, était-il gravé sur une plaque de cuivre, à la porte de l'appartement?

Elle lui confia une clé de chez elle, et le soir, quand il entrait au salon, elle était allongée sur le divan, nue dans un peignoir. Elle écoutait un disque. C'était une blonde aux yeux verts et à la peau très douce et bien qu'elle eût quinze ans de plus que lui, elle paraissait aussi jeune que Johnny, avec quelque chose de rêveur et de vaporeux. Mais elle avait du tempérament.

Elle lui fixait rendez-vous vers neuf heures du soir. Elle n'était pas libre pendant la journée et il devait quitter l'appartement très tôt le matin. Il aurait bien voulu savoir à quoi elle occupait son temps, mais elle éludait les questions. Un soir, il était arrivé quelques instants avant elle et il avait fouillé au hasard le tiroir d'une commode où il trouva un reçu du crédit municipal de la rue Pierre-Charron. Il apprit ainsi qu'elle avait mis en gage une bague, des boucles d'oreilles, un clip et, pour la première fois, il sentit un léger parfum de naufrage dans cet appartement, un peu comme dans celui de sa grand-mère. Etait-ce l'odeur opiacée qui imprégnait les meubles, le lit, le pick-up, les étagères vides et la photo du prétendu aviateur, entourée de cuir grenat?

Pour lui aussi, la situation était difficile. Il n'avait pas quitté Paris depuis deux ans, depuis ce mois de mai quarante où il avait accompagné sa grand-mère à Saint-Nazaire. Elle avait pris le dernier bateau à destination des Etats-Unis en essayant de le persuader de partir avec elle. Leur visa était en règle. Il lui avait dit qu'il préférait rester en France et qu'il ne risquait rien. Avant l'heure de l'embarquement, ils s'étaient assis tous les deux sur l'un des bancs du petit square, près du quai.

A Paris, il avait tenté de retrouver d'anciens camarades de l'école de Valvert. Sans succès. Alors, il avait rôdé autour des studios de cinéma en sollicitant un emploi de figurant mais il fallait une carte professionnelle et on la refusait aux juifs, à plus forte raison aux juifs étrangers comme lui. Il était allé voir au Racing-Club si l'on avait besoin d'un professeur de gymnastique. Peine perdue. Il projetait de passer l'hiver dans une station de ski où il pourrait peut-être obtenir un poste de moniteur. Mais comment gagner la zone libre ?

Il lut par hasard une petite annonce : on cherchait des mannequins pour les chapeaux Morreton. On l'embaucha. Il posait dans un studio du boulevard Delessert et ce fut à la sortie de ce lieu de travail qu'il rencontra Arlette d'Alwyn. On le photographiait de face, de profil, de trois quarts, coiffé chaque fois d'un chapeau Morreton différent de forme ou de couleur. Un tel travail exige ce que le photographe appelait une « gueule » car le chapeau accentue les défauts du visage. Il faut avoir le nez droit, le menton bien dessiné, et une belle arcade sourcilière — toutes qualités qui étaient les siennes. Cela avait duré un mois et on l'avait congédié.

Alors, il vendit quelques meubles de l'appartement qu'il avait habité avec sa grand-mère, avenue du Général-Balfourier. Il traversait des moments de cafard et d'inquiétude. On ne pouvait rien faire de bon dans cette ville. On y était piégé. Au fond, il aurait dû partir pour l'Amérique.

Les premiers temps, pour garder le moral, il décida de se plier à une discipline sportive, comme il en avait l'habitude. Chaque matin, il se rendait à la piscine Deligny ou bien à Joinville, sur les planches de la plage Bérétrot. Il nageait pendant une heure le crawl et la brasse papillon. Mais bientôt, il se sentit si seul parmi ces femmes et ces hommes indifférents qui prenaient des bains de soleil, ou traversaient la Marne en pédalo qu'il renonça à la piscine Deligny et à Joinville.

Il restait prostré, avenue du Général-Balfourier et, à huit heures, il allait retrouver Arlette d'Alwyn.

Pourquoi, certains soirs, retardait-il l'instant de partir? Il serait volontiers demeuré tout seul dans l'appartement vide aux volets fermés. Autrefois, sa grand-mère lui reprochait gentiment d'être distrait et taciturne, de ne pas « savoir vivre » ni prendre soin de lui-même et, par exemple, de sortir toujours sans manteau sous la pluie ou sous la neige : « en taille », comme elle disait. Mais maintenant c'était trop tard pour se corriger. Un jour, il n'avait pas eu la force de quitter l'avenue du Général-Balfourier. Le lendemain soir, il s'était présenté chez Arlette d'Alwyn, hirsute, mal rasé, et elle lui avait dit qu'elle avait été inquiète et qu'un jeune homme beau et distingué comme lui n'avait pas le droit de se négliger.

L'air était si chaud et la nuit si claire qu'ils laissaient les fenêtres ouvertes. Ils disposaient les coussins de velours du divan au milieu de la petite terrasse et ils y restaient très tard, allongés. Au dernier étage d'un immeuble voisin, sur une terrasse comme la leur, se tenaient quelques personnes dont ils entendaient les rires.

Johnny caressait toujours son idée de sports d'hiver. Arlette connaissait très peu la montagne. Elle était allée une fois à Sestrières et elle en gardait un bon souvenir. Pourquoi ne pas y retourner ensemble ? Johnny, lui, pensait à la Suisse.

Une autre fois, le soir était doux et il décida de ne pas descendre à la station « Passy » comme à son habitude, mais à « Trocadéro ». Il irait à pied par les jardins et le quai de Passy jusque chez Arlette.

Il arrivait en haut de l'escalier du métro et il vit un cordon de policiers en faction sur le trottoir. On lui demanda ses papiers. Il n'en avait pas. On le poussa dans le panier à salade, un peu plus loin, où se trouvaient déjà une dizaine d'ombres.

C'était l'une des rafles qui, depuis quelques mois, précédaient régulièrement les convois vers l'Est.

X

Tous les quinze jours, à l'étude du soir, l'un de nos maîtres nous annonçait nos « catégories ». Pedro avait décidé de celles-ci au cours d'un conseil des professeurs. A voulait dire : très bon travail et B : travail passable. La catégorie C était réservée à ceux qui avaient commis des fautes de discipline et elle entraînait une privation de sortie.

Le samedi matin, nous nous rassemblions derrière le Château, là où s'élevait, au milieu d'une pelouse en friche, un cèdre du Liban. Pedro procédait à l'appel des C et, les uns après les autres, ces malheureux venaient se grouper en rang, au bord de la pelouse. Les C passeraient le samedi et le dimanche au collège à faire des travaux de jardinage et à marcher le long des allées, au pas cadencé.

Les A et B attendaient l'arrivée de leurs parents ; mais la plupart d'entre nous montaient dans les deux cars « Chausson » en stationnement depuis neuf heures et demie sur l'esplanade du Château. Quand tout le monde était installé, les deux cars s'ébranlaient et l'un derrière l'autre descendaient lentement l'allée. Le portail franchi, ils s'engageaient sur la Nationale. Alors les élèves, petits et grands, reprenaient en chœur les refrains de chansons de troupe ou de corps de garde.

Nous ne chantions guère ces chansons-là, mon camarade de classe Christian Portier et moi, et peut-être avions-nous sympathisé pour cela. Nous étions toujours assis l'un à côté de l'autre dans le car. Pendant quelques mois, nous ne nous sommes pas quittés les samedis et les dimanches de grande sortie.

La mère de Christian venait nous chercher, porte de Saint-Cloud, à l'arrêt du car, et l'image de Mme Portier — Claude Portier — nous attendant au volant de sa Renault décapotable, une cigarette aux lèvres, demeure très nette dans ma mémoire.

Elle fumait des « Royales ». D'un geste gracieux, elle sortait du sac à main le paquet rouge de cigarettes. Le déclic du sac qu'elle referme et d'où s'échappe une bouffée de parfum. Et l'odeur des Royales — odeur amère, un peu écœurante du tabac blond français... C'était une femme de petite taille aux cheveux châtain très clair et aux yeux gris dont les pommettes, le front têtu et le nez court lui donnaient un visage de chat. Elle ressemblait à l'actrice de cinéma Yvette Lebon. D'ailleurs, Christian m'avait fait croire, au début de notre amitié, qu'il était le fils d'Yvette Lebon, et lorsque je rencontrai sa mère pour la première fois, il la désigna d'un geste cérémonieux et me dit :

— Je te présente Yvette Lebon.

Il s'agissait certainement d'une plaisanterie rituelle ou d'une manière, pour Christian, de mettre sa mère en valeur. Elle avait dû parler à son fils, très tôt, de cette ressemblance, à l'âge où Christian ne pouvait pas savoir qui était Yvette Lebon. Peut-être même lui avait-elle appris la phrase : « Je vous présente Yvette

Lebon »; et il répétait cette leçon, sans comprendre, aux amis attendris de Mme Portier. Oui, j'imaginais bien Christian, avec sa grosse tête et sa voix grave d'enfant trop vite mûri, dans un rôle de page auprès de sa mère.

Ces samedis où le car nous transportait du collège de Valvert jusqu'à Paris, nous arrivions vers midi porte de Saint-Cloud et Mme Portier nous emmenait déjeuner, Christian et moi, dans un restaurant, sur la place. Une galerie large, bordée d'une rampe de cuivre, une salle en contrebas. Nous nous asseyions à l'une des tables de la galerie, Mme Portier et son fils l'un à côté de l'autre, et moi, en face d'eux.

Mme Portier avait un appétit d'oiseau : elle commandait un œuf dur, un pamplemousse... Christian la regardait d'un air sévère et lui disait :

— Claude, tu devrais quand même manger un peu...

Oui, il l'appelait par son prénom et j'avais d'abord été surpris d'entendre ce garçon de quinze ans gronder gentiment sa mère :

— Claude, cela fait la cinquième cigarette... Veux-tu me donner tout de suite le paquet...

Il lui ôtait des lèvres la cigarette, l'éteignait, lui confisquait son paquet de Royales, et madame Portier, soumise, penchait la tête et souriait.

— Claude, je trouve que tu as encore maigri... Ce n'est pas raisonnable...

Sa mère soutenait son regard, et bientôt, comme deux enfants qui jouent à « Je te tiens, tu me tiens », ils éclataient de rire. Ils se donnaient un peu en spectacle devant moi.

Un samedi sur deux, Mme Portier ne venait pas nous chercher porte de Saint-Cloud et, la veille, elle envoyait un télégramme à Valvert pour nous le dire. Elle faisait tout simplement la grasse matinée après une nuit passée à jouer au poker. Ces samedis-là, nous prîmes l'habitude de la réveiller vers trois heures de l'après-midi en lui apportant son petit déjeuner.

Il n'était jamais question d'un « M. Portier » et je me demandais si Christian avait un père. Enfin, un dimanche soir où nous étions de retour au collège, il se confia à voix basse pour ne pas réveiller nos camarades de chambrée. Nous nous appuyions au rebord de la fenêtre et la grande pelouse, en bas, brillait d'une teinte vert pâle, sous la lune. Non, sa mère n'avait jamais été mariée et elle avait gardé son nom de jeune fille : Portier. Lui, Christian, était un enfant naturel. Son père ? Un Grec, que Claude avait connu à Paris pendant l'Occupation. Il habitait le Brésil maintenant, et Christian ne l'avait vu que deux ou trois fois dans sa vie.

J'aurais voulu en apprendre plus sur ce Grec mystérieux, mais je n'osais pas interroger Mme Portier.

L'après-midi Claude emmenait Christian dans les magasins, et moi, je les accompagnais. Un samedi, nous allâmes chercher le cadeau d'anniversaire de Mme Portier à son fils pour ses quinze ans, un costume de flanelle. Nous étions au mois de novembre ou de décembre, et la nuit tombait déjà. Mme Portier nous guidait à travers un appartement délabré de la rue du Colisée, comme si elle connaissait bien les lieux. Une pièce très vaste, des lampes de bureau fixées à des tables longues, des coupons de tissu, une cheminée, une armoire à glace, un canapé de cuir. Le tailleur, un homme d'environ soixante ans, au visage joufflu et bordé de favoris, nous accueillit en baisant la main de Mme Portier, mais avec une sorte de familiarité.

Christian était ému d'essayer son premier costume. Le tailleur alluma un tube de néon, au sommet de l'une des glaces de l'armoire dont il ouvrit les deux autres battants. Et mon camarade, reflété sous tous les angles, se tenait droit dans son « flanelle sombre » et clignait les yeux, ébloui par la lumière trop blanche du néon.

— Il vous plaît, jeune homme ?

Le tailleur le faisait pivoter en lui poussant l'épaule, et examinait les plis du pantalon.

— Et vous, chère amie, vous êtes contente du premier costume de votre fils ?

— Très contente, dit Mme Portier. Du moment qu'il n'y a pas de gilet...

— Il faudra que vous m'expliquiez un jour pourquoi vous n'aimez pas les gilets.

— Ça ne s'explique pas... J'ai toujours trouvé ridicules les hommes qui portaient des gilets ou des colliers de barbe...

Elle m'avait pris le poignet.

— Si vous voulez plaire aux femmes dans mon genre, je vous donne un conseil : ne portez jamais de gilet... ni de barbe en collier...

— N'écoute pas maman, me dit Christian. Elle a quelquefois des idées bizarres...

Le tailleur s'était reculé et son regard caressait le costume de Christian.

— Ce jeune homme a presque exactement les mêmes mesures que son père... Vous savez, j'ai retrouvé une vieille fiche de votre père...

Mme Portier fronça légèrement les sourcils.

— Quelle mémoire, mon cher Elston !...

Christian s'avançait, dans son costume.

— Vous pourriez peut-être me donner la fiche. En souvenir de mon père...

Mais il avait prononcé cette phrase sans conviction. Il se dirigeait vers l'autre extrémité de la pièce, là où était la cabine d'essayage, de la démarche précautionneuse d'un équilibriste sur son fil. Peut-être craignait-il de s'enfoncer une écharde dans le pied.

Mme Portier assise sur le canapé allumait une cigarette.

— Je me souviens que vous étiez venue un soir très tard avec son père pour chercher un costume. Et il y avait un bombardement, cette nuit-là... Mais nous ne sommes pas descendus à la cave...

— Tout cela remonte à la nuit des temps, dit Mme Portier en laissant tomber par terre la cendre de sa cigarette.

— J'ai fouillé tous ces vieux papiers pour savoir depuis combien de temps nous nous connaissions...

Mme Portier haussa les épaules. Christian venait nous rejoindre.

— De quoi vous parliez ? demanda-t-il.

— Du passé, dit Mme Portier. Tu es content de ton costume ?

— Je te remercie, Claude...

Il se pencha et embrassa sa mère sur le front.

— Tu devrais le mettre ce soir, dit Mme Portier.

— Si tu veux, Claude...

Et là, devant nous, il se changea à nouveau, ôtant son pantalon de velours côtelé et son chandail et enfilant le « flanelle sombre ».

Mme Portier avait pris son fils par le bras et l'entraînait hors de la pièce. Nous marchions derrière eux, le tailleur et moi.

— Au revoir, chère amie... Et encore merci d'avoir pensé à moi pour ce costume...

Son regard s'attardait sur le « flanelle sombre » que portait mon camarade et qui brillait d'un éclat funèbre dans la lumière jaune de l'escalier.

Mme Portier lui tendit la main.

— Elston... Vous trouvez que j'ai vieilli ?

— Vieilli ? mais non, vous n'avez pas vieilli...

Christian avait baissé la tête, gêné.

— Vous êtes sûr ? Maintenant qu'il est en âge de porter des costumes, je ne vais plus pouvoir tricher...

— ... D'abord, on ne pourrait jamais penser que ce grand gaillard est votre fils. Vous n'avez pas du tout vieilli, chère amie...

Il avait articulé ces derniers mots en martelant les syllabes. La minuterie s'éteignit. Elston la ralluma. Il nous suivait du regard, accoudé à la rampe, pendant que nous descendions l'escalier.

*

Maintenant que mon camarade possédait ce « flanelle sombre », j'avais un peu honte de mon vieux blazer en lainage à boutons dorés et de mon pantalon trop court qui me faisait paraître encore plus jeune que mes quinze ans. La mère de Christian m'offrit une cravate de soie. Je la portais à chacune de nos sorties et cela me donnait un peu plus de confiance en moi-même.

Les soirs d'été, elle nous emmenait dîner au bord de la Seine. Rueil ? Chatou ? Bougival ? J'ai tenté, à plusieurs reprises, de retrouver cette auberge. Sans succès. Les environs de Paris ont tellement changé... En contrebas, une grande plate-forme de planches,

130

bordée de cabines, deux plongeoirs, un toboggan. Une rangée de pédalos était amarrée au ponton. On entendait un bruit sourd et régulier de cascades, peut-être la machine à eau de Marly. Une terrasse semée de graviers. Les péniches passaient entre les saules des berges, et je suivais des yeux la lumière verte à la proue de l'une d'elles. Quand nous avions fini de dîner sur la terrasse, un homme massif aux cheveux gris venait s'asseoir à notre table, le patron de l'auberge, un certain Jendron. Lui aussi était vêtu d'un blazer, mais beaucoup plus élégant que le mien, et d'un chandail de marinier. A côté de Mme Portier, il paraissait son aîné de dix ans. Il nous offrait toujours à Christian et à moi des cigarettes américaines et il appelait Mme Portier « Claudie ».

Les bribes de leur conversation se mêlaient à l'air tiède de ces soirées, au fracas des pédalos contre le ponton, à l'odeur de la Seine... Jendron s'occupait d'un garage avant la guerre, où travaillait aussi un certain Pagnon dont le nom revenait souvent dans leurs propos : un ami de Mme Portier puisqu'elle l'appelait « Eddy ». Qu'est-ce qui avait bien pu lui arriver, à cet Eddy Pagnon, pour qu'ils en parlent à voix basse ? Tout cela remontait avant la naissance de Christian. Jendron avait-il connu le Grec, le père de Christian ? Mon camarade ne les écoutait pas, il se glissait dans la nuit claire jusqu'au ponton et prenait un pédalo. Mais moi, je demeurais assis à la table en compagnie de Jendron et de Claudie. J'essayais de comprendre.

Vers minuit, nous traversions la grande plate-forme sur les planches de laquelle la lune découpait les ombres du toboggan et des plongeoirs. A cet instant-là, on se serait cru quelque part au cap d'Antibes.

Nous allions chercher Christian qui disputait une partie de ping-pong avec le barman.

Jendron nous accompagnait jusqu'à la voiture. Il tapotait la nuque de Christian.

— Alors, tu travailles bien?

Et mon camarade en dépit de son « flanelle sombre » paraissait un tout petit garçon, à côté de cet homme lourd.

— Qu'est-ce que tu veux faire dans la vie?

Christian ne répondait pas, intimidé.

— Je peux te donner un conseil? Avocat.

Il se tournait vers moi.

— Vous ne trouvez pas que c'est bien, avocat?

Il enfonçait dans la poche de nos vestes, à chacun, deux paquets de cigarettes américaines.

— Qu'est-ce que tu en penses, Claudie?... Un fils avocat...

— Oui... Pourquoi pas?

Nous montions dans la voiture décapotable. Christian, bien qu'il ne fût pas en âge d'avoir son permis de conduire, se mettait au volant. Mme Portier s'asseyait à côté de lui, et moi sur la banquette arrière.

— Tu ne devrais pas le laisser conduire, Claudie...

— Je sais...

Elle hochait la tête, en signe d'impuissance. Christian démarrait sur les chapeaux de roues. Il rejoignait l'autoroute de l'Ouest. La nuit était douce, silencieuse, et l'autoroute déserte. Il allumait la radio. Je me penchais à la portière et l'air me fouettait le visage. J'éprouvais une sensation de vertige et de bonheur.

Il rendait le volant à Claudie juste avant le tunnel de Saint-Cloud.

*

Mme Portier habitait un immeuble à l'angle de l'avenue Paul-Doumer et de la rue de La Tour, auquel on accédait par une entrée vitrée. Je n'ai pas un souvenir très précis de son appartement, sauf de la pièce de séjour, mi-salon, mi-salle à manger, que divisait une grille en fer forgé, et de la chambre à coucher, tendue de satin gris, où nous lui apportions le petit déjeuner les lendemains de poker.

Le premier samedi après-midi où ils m'emmenèrent chez eux, nous bûmes une orangeade au salon. Christian paraissait impatient comme s'il avait préparé une surprise ou une farce et qu'il attendait le moment opportun pour tout dévoiler.

Mme Portier souriait. Je cherchais une phrase qui rompît le silence.

— Vous avez un très joli appartement.

— Très joli, dit Christian. Puis il se tourna vers sa mère.

— On lui explique, Claude?

— Oui. Explique-lui.

— Voilà, mon vieux, dit Christian, en rapprochant son visage du mien, je n'habite pas dans l'appartement de ma mère...

Elle avait allumé une cigarette. L'odeur fade des Royales se mêlait à son parfum.

— L'année dernière, Claude et moi, nous avons décidé d'un commun accord...

Il prenait un temps. Mme Portier marchait vers l'autre bout du salon et décrochait le téléphone.

— Nous avons décidé de ne pas nous gêner l'un et l'autre... C'est pourquoi Claude m'a loué une chambre, dans cet immeuble, au rez-de-chaussée.

J'écoutais Christian, mais j'aurais aussi voulu entendre ce qu'elle disait, elle, au téléphone.

— Tu ne trouves pas que c'est une bonne solution? me demanda Christian. Comme ça, nous avons chacun notre vie à nous...

A qui pouvait-elle bien parler d'une voix si basse, presque un chuchotement? Elle raccrocha.

— Claude, nous te laissons, dit Christian. Je vais lui montrer mon appartement à moi. Tu veux que nous nous voyions ce soir?

— Je ne sais pas encore si je serai libre, dit Mme Portier. Téléphone-moi vers six heures.

— Claude m'a fait installer le téléphone dans ma chambre, me dit Christian, la mine réjouie.

A la porte, était fixée une carte de visite au nom de « Christian Portier ». La chambre, de la taille d'une cabine de bateau, donnait sur l'avenue Paul-Doumer par une fenêtre à guillotine. Le lit de Christian était recouvert d'un plaid écossais. Un fauteuil du même tissu contre le mur beige. Une longue étagère supportait des maquettes d'avion et un globe terrestre. Une photo d'Yvette Lebon, sur l'autre mur. Ou bien était-ce Mme Portier? Christian surprit mon regard.

— Tu te demandes laquelle des deux, hein? Claude ou Yvette?

Il croisait les bras, comme un instituteur qui vient de poser une colle à un élève.

— C'est Claude, mon vieux.

Il était fier de me montrer la radio, couleur ivoire, incorporée à la table de nuit. Puis la salle de bains, étroite, toute de mosaïque bleu marine, avec une baignoire sabot.

— Ça ne te fait rien si on écoute une émission? me demanda-t-il.

134

Il tourna le bouton de la radio. Un speaker annonça : « Pour ceux qui aiment le jazz ». Une trompette jouait une mélodie lente et sereine comme la courbe d'un oiseau de mer planant au-dessus d'une plage déserte au crépuscule.

— Tu entends ? C'est Sonny Berman...

Nous étions assis l'un à côté de l'autre sur le rebord du lit. Christian avait sorti du placard une bouteille de whisky dont il avait à moitié rempli son verre à dents. Nous buvions chacun à notre tour en écoutant la musique, et les ombres des passants, projetées contre le mur par un lampadaire de l'avenue, nous frôlaient.

*

Ces samedi soir, nous étions souvent seuls, tous les deux, et nous dînions comme des grandes personnes dans un restaurant vide du square de l'Alboni grâce aux cinquante francs d'argent de poche que Mme Portier donnait à son fils.

— Je note ça sur un carnet de comptes, m'avait-il dit et je rembourserai tout à Claude quand j'aurai vingt et un ans.

Et puis, par le métro, nous allions à la séance de dix heures d'un cinéma d'Auteuil. Christian m'avait expliqué que le directeur de ce cinéma était un ami de sa mère. Mon camarade se présentait à la caissière et aussitôt elle nous tendait deux tickets gratuits.

Nous revenions à pied par la rue Chardon-Lagache et la rue La Fontaine. Je portais mon duffle-coat et Christian un manteau de poil de chameau, sur son flanelle sombre. Cette tenue le vieillissait de dix ans, mais apparemment cela ne lui suffisait pas encore : il avait acheté des montures de lunettes en écailles dont il s'affublait à l'occasion de nos sorties avec sa mère. S'il avait pu, il se serait laissé pousser la moustache et teint les cheveux en gris.

Dans le hall vert crème de l'immeuble, il me proposait à voix basse :

— Et si nous allions dire un petit bonjour à Claude ?...

A la sortie de l'ascenseur, il marchait sur la pointe des pieds jusqu'à la porte de l'appartement et nous demeurions, debout, immobiles, devant cette porte. La minuterie s'éteignait sans que ni l'un ni l'autre nous ne jugions utile de la rallumer. Des éclats de voix ou de rire, assourdis. Combien d'invités étaient-ils ? Quelquefois, je reconnaissais la voix de Mme Portier, mais différente de ce qu'elle était en plein jour, très rauque, et son rire aussi, plus strident et plus saccadé que d'habitude.

Au bout d'un instant, il me prenait le bras et me guidait dans le noir.

De nouveau, nous nous trouvions au milieu du hall dont les murs brillaient sous la lumière trop vive des appliques.

— Je t'accompagne au métro...

C'était tout près, place du Trocadéro. Souvent, pour rester un peu plus longtemps ensemble, nous faisions le tour de la place et suivions l'avenue Kléber jusqu'à la station « Boissière ».

— Claude est encore en train de faire la nouba, me disait Christian. Ou peut-être une partie de poker...

Il affectait un ton amusé.

— Elle va avoir la gueule de bois demain matin...

Au moment de nous quitter, je remarquais ses traits crispés, son regard triste. La perspective de rentrer

tout seul avenue Paul-Doumer dans sa chambre
« indépendante » ne devait pas beaucoup l'enthou-
siasmer. Et Claude qui « faisait la nouba »... Sans
doute, m'aurait-il volontiers confié quelque chose à ce
moment-là mais il se raidissait. Avant que je descende
l'escalier, il agitait le bras à mon intention et appuyait
les doigts contre sa tempe en un vague salut militaire.

Bien plus tard, j'ai compris qu'à l'inverse de ces
hommes mûrs qui s'efforcent de rentrer le ventre et de
marcher d'un pas leste pour se rajeunir, il n'y avait,
derrière les montures de lunettes en écaille, la flanelle
sombre et le manteau en poil de chameau, qu'un
enfant inquiet.

*

Ce type d'hommes d'un certain âge mais encore
svelteS ou du moins qui veulent le paraître en
surveillant leur démarche, j'en avais vu quelques-uns
avec Mme Portier. Elle était venue à plusieurs
reprises nous rendre visite au collège en compagnie de
l'un d'eux, jamais le même. Elle choisissait toujours le
moment où nous étions sur la grande pelouse pour la
récréation qui précédait l'étude du soir.

Elle nous présenta un « M. Weiler » aux cheveux
d'argent et aux paupières lourdes. Il posa quelques
questions aimables à Christian au sujet de ses études.
Il sentait un parfum de chypre et froissait une paire de
gants de ses doigts effilés. Christian me confia, après
cette visite, que ce Weiler était un diamantaire très
riche que sa mère connaissait depuis peu. Un autre,
un blond à moustaches, d'allure sportive et marquis
de quelque chose, parlait, lui, d'une voix tonitruante
en employant des mots d'argot. Si Mme Portier

137

emmenait Weiler dans sa voiture, chaque fois qu'elle venait au collège avec le « marquis », c'était dans la Buik de celui-ci.

La silhouette d'un troisième homme, le visage chafouin et habillé d'un pardessus noir... Celui-là, Christian et moi, nous l'avions surnommé « la belette ». Auquel des trois — ou à un quatrième — Christian, un après-midi où nous nous trouvions seuls dans l'appartement de sa mère, avait-il répondu au téléphone avec la parfaite correction d'un secrétaire : Mlle Portier est absente mais je lui ferai la commission... Mlle Portier ne reviendra certainement pas avant sept heures du soir... Très bien... Je le dirai à mademoiselle...

Encore aujourd'hui, je me demande la raison de ces visites à Valvert. Peut-être cherchait-elle à leur inspirer confiance en leur montrant à tous son grand fils, élève d'un collège réputé de Seine-et-Oise ? Et la chambre « indépendante » de Christian ? Elle était nécessaire, je suppose, quand Mlle Portier recevait ses amis dans son appartement, le samedi soir.

*

Un samedi soir, justement, je sonnai à sa porte. Christian avait été privé de sortie à cause d'un zéro en mathématiques et il m'avait confié une lettre pour sa mère et dans une petite valise en fer-blanc du linge à faire laver.

Elle m'ouvrit. Elle était pieds nus et enveloppée d'un peignoir d'éponge blanc. Elle paraissait gênée de me voir.

— Bonjour... Quelle surprise...

138

Elle restait là, dans l'entrebâillement de la porte, comme si elle voulait me barrer le passage.

— Qui est-ce, Claude ? demanda une voix d'homme, du salon.

— Rien... un ami de mon fils...

Et après un instant d'hésitation :

— Entrez...

Il était assis sur l'un des poufs de cuir, le buste très penché dans la position d'un jockey devant l'obstacle. Il leva la tête et me sourit. Ce n'était ni Weiler, ni « le marquis », ni « la belette », mais un brun d'une cinquantaine d'années, au teint un peu rouge et aux yeux clairs.

Mme Portier décachetait la lettre de Christian. Je gardai la petite valise en fer-blanc à la main.

— Asseyez-vous, me dit-il.

Elle lisait la lettre. Elle eut un rire bref.

— Mon fils me recommande de ne pas me coucher trop tard, de fumer moins de cigarettes et de ne plus jouer au poker...

— Il a raison, ton fils.

Il se tourna vers moi.

— Vous voulez une tasse de thé ?

Il me désignait, sur la table basse, un plateau, avec deux tasses et une théière.

— Non, merci.

— Vous êtes un ami de son fils ?

— Oui.

— Et qu'est-ce qu'il fait en ce moment ?

— Il est resté au collège... on l'a privé de sortie...

Mme Portier avait enfoncé la lettre dans l'une des poches de son peignoir. Elle vint s'asseoir sur le bord du divan, et croisa les jambes. L'un des pans du peignoir glissa. On lui voyait les cuisses. Cette peau mate entre l'éponge blanche du peignoir et le velours rouge du divan captivait mon regard.

— Pauvre Christian..., dit-elle, il doit s'ennuyer tout seul, là-bas... Toi aussi, Ludo, on te privait de sortie quand tu étais petit?

Ludo haussa les épaules.

— Je n'ai jamais été à l'école... Ma mère nous avait trouvé un type qui nous apprenait à lire, mon frère et moi... Et aussi un professeur de gymnastique...

Moi, j'avais de la peine à détacher mes yeux des cuisses longues et mates de Mme Portier.

— Et si nous allions rendre une visite à ton fils? dit-il. Ça lui remonterait le moral...

L'avait-elle déjà emmené au collège, comme Weiler, « le marquis » ou « la belette »?

— Il est trop tard, maintenant, dit Mme Portier. Et il fait froid...

Je pensais à Christian. Après tout un après-midi de « jardinage », viendrait l'heure du dîner. Il mangerait au fond du réfectoire désert, avec une vingtaine d'autres camarades privés de sortie comme lui. Ils n'auraient pas le droit de parler entre eux. Et puis, ce serait la montée silencieuse, en rang, jusqu'au dortoir.

Il se leva et me tendit un étui à cigarettes.

— Vous fumez?

— Non, merci.

— Vous direz à Christian que je viendrai le voir mardi, me dit Mme Portier.

— Je t'accompagnerai, Claude..

Décidément, c'était un rite. Christian, avec sa méticulosité naturelle, dressait-il une liste de tous les hommes que sa mère avait emmenés à Valvert, en visite, depuis qu'il était pensionnaire de ce collège?

140

Elle surprit mon regard et ramena brusquement le pan de son peignoir sur ses genoux.

— Vous allez vous ennuyer sans Christian, pendant ce week-end dit-elle.

— Oui.

— Vous pouvez rester avec nous, si vous voulez, dit Ludo.

Il s'appuyait du coude au marbre de la cheminée. Je fus frappé par la grâce de son attitude. Cela venait de la coupe élégante de son costume, mais aussi d'une nonchalance naturelle à croiser les bras et les jambes et à tenir son corps légèrement de biais.

— Je ne sais pas, moi... on pourrait faire un... bridge, tous les quatre, avec mon frère...

— Ne dis pas de bêtises, Ludo... Ce jeune homme ne joue pas au bridge...

— Dommage...

Elle me raccompagna jusqu'à la porte, et au moment de la quitter, son visage était si près du mien et son parfum si émouvant, que j'avais envie de l'embrasser. Pourquoi n'avais-je pas le droit de l'embrasser ?

— Cet ami est très gentil, vous savez... Christian l'aime beaucoup... Ludo va lui donner des leçons de pilotage... Si cela vous amuse, vous aussi... C'était un as de l'aviation, pendant la guerre...

Elle me souriait. Ludo avait mis un disque sur le pick-up du salon.

— Au revoir... Et n'oubliez pas de dire à Christian que je viens le voir mardi...

En descendant l'escalier, je m'aperçus que je portais toujours la petite valise de fer-blanc qui contenait le linge sale de mon camarade.

Par distraction ou pour avoir un prétexte de revenir dans l'appartement de Mme Portier ?

*

La nuit était tombée. J'ai pénétré, la valise à la main, dans un « self-service » de l'avenue, en face de l'immeuble. J'étais le seul client. J'ai choisi une tarte et un yaourt au comptoir et je me suis assis à l'une des tables circulaires, près de la vitre.

Au bout d'une demi-heure, j'ai vu Ludo sortir de l'immeuble. Mon tour était venu de monter de nouveau à l'appartement, sous prétexte de donner la valise à Mme Portier. Ensuite... mais quand je me suis retrouvé sur le trottoir, j'ai hésité et puis, comme un automate, je me suis mis à suivre Ludo.

Il marchait à une vingtaine de mètres devant moi. Il a ouvert la portière d'une grosse voiture marron, garée à l'angle de la rue Scheffer et il en a sorti un manteau qu'il n'a pas enfilé mais simplement déployé sur ses épaules. Il s'est engagé dans la rue Scheffer.

Au passage, j'ai remarqué, contre la vitre de la voiture, une plaque où il était inscrit : G.I.G. — Grand Invalide de Guerre — en équilibre précaire entre deux paquets de mouchoirs en papier et une pile de cartes Michelin. Cette plaque, abandonnée là, m'a rappelé la grâce nonchalante avec laquelle il s'appuyait du coude sur la cheminée.

Maintenant, il s'enfonçait dans le boulevard Delessert, enveloppé du pardessus bleu marine comme d'une cape, et jetait un regard vers ces mystérieux escaliers qui, de chaque côté du boulevard, bordent le flanc des immeubles. Il boitait légèrement. Grand invalide de guerre. As de l'aviation, comme m'avait dit Mme Portier. Moi, je n'étais rien à côté de cet homme. Pourquoi le suivais-je? J'aurais voulu lui parler de Claude, lui poser des questions, car nous avions une chose en commun : nous connaissions l'un et l'autre ce parfum poivré qui se mêlait à l'odeur des Royales et ces cuisses mates sous l'éponge du peignoir.

Il s'est arrêté au bas de l'avenue, là où commencent les jardins du Trocadéro. Moi aussi. J'ai posé la valise par terre, sur le gravier. Non, je n'aurais jamais le courage de l'aborder. Il fumait. D'une pichenette, il a lancé son mégot en l'air et il a levé le menton, comme pour accompagner le trajet d'une étoile filante.

Tous les deux, par cette nuit d'hiver, nous étions arrivés au flanc d'une colline, d'où nous voyions les lumières de Paris, la Seine, les chevaux du pont d'Iéna. Un bateau-mouche est passé et le reflet de ses projecteurs couraient sur les façades des quais et à travers les jardins.

*

Après mon départ du collège de Valvert, je n'ai plus revu Christian ni Mme Portier.

Vingt ans plus tard, à Nice, je cherchais un hôtel ou une pension de famille bon marché pour un vieil ami de mon père qui voulait passer l'hiver dans cette ville. Nous étions en novembre et il faisait nuit. Au bout de la rue Shakespeare, après les immeubles crémeux qui portent chacun sur le fronton de leur porche un nom de fleur, un écriteau était fixé à une grille : « Villa Sainte-Anne. Studios meublés. Cuisine avec frigo. Salle de bains. Jardin. Plein soleil. Chauffage au mazout. »

Une allée semée de graviers menait à une autre grille entrouverte. Le jardin était faiblement éclairé par la lumière jaune du perron qui laissait dans la demi-pénombre une petite pelouse, des clapiers ou des cages d'oiseaux dont il me semblait entendre les frôlements d'ailes.

Je gravis les marches du perron. Derrière la porte-fenêtre, un salon aux murs tendus de papier peint. Des meubles rustiques. Une table recouverte d'une nappe de dentelle. Et la lumière était si jaune, si fanée qu'elle donnait l'impression d'une baisse de courant. Une femme se tenait assise à la table, les bras croisés, devant la télévision.

Je frappai à la vitre mais elle ne m'entendit pas. Je poussai la porte-fenêtre. Elle se retourna.

Mme Portier. Elle s'était levée et se dirigeait vers moi. Elle avait éteint la télévision, au passage.

— Bonsoir, monsieur...

— Bonsoir... Vous avez encore un studio à louer?

— Bien sûr...

Je l'avais reconnue tout de suite. Le visage était à peu près le même, mais épaissi, les cheveux beaucoup plus courts. La bouche se crispait légèrement dans une expression amère. Les yeux avaient toujours cet éclat gris ou bleu très dilué qui m'émouvait.

— Ce serait pour un long séjour?

— Oui. Deux mois environ.

— Alors, je vais vous faire visiter le studio avec salle de bains et cuisine...

Nous contournâmes la maison et elle me précéda dans un escalier étroit dont les marches étaient recouvertes de linoléum. Un couloir éclairé par une ampoule nue, au mur. Une porte.

— Entrez.

144

Elle alluma. La suspension de bois ressemblait à un gouvernail de bateau sur lequel on aurait fixé des ampoules protégées par des abat-jour en parchemin. Le même linoléum que celui de l'escalier. Un papier peint à dominante grenat. Un lit aux barreaux de cuivre.

— Là, vous avez le coin cuisine.

Dans un cagibi, on avait disposé une cuisinière d'un modèle ancien et un petit frigidaire qui ronflait.

— Si vous voulez voir la salle de bains...

Nous longions de nouveau le couloir. Elle ouvrit une porte. Une baignoire à pieds en émail blanc.

— Les W.C. sont en face.

— Je pourrais revoir la chambre ? lui dis-je.

— Bien sûr.

Les rideaux étaient tirés. Eux aussi avaient des motifs couleur grenat — des ramages — comme le papier peint. Il flottait une odeur de renfermé.

— La fenêtre donne sur la rue ? demandai-je.

— Non. Sur le jardin.

Et d'un geste nonchalant, elle écarta les rideaux.

— Est-ce que je pourrais savoir le prix ?

— Mille deux cents francs par mois.

Tout à coup, elle paraissait beaucoup plus vieille, peut-être parce qu'elle n'était pas maquillée.

Je m'approchai d'elle.

— Vous n'êtes pas Mme Portier ?

Ses yeux s'agrandirent, comme si je l'avais menacée d'un revolver.

— Pourquoi ? Vous me connaissez ?

— Oui. Il y a longtemps... J'étais un ami de Christian...

— Ah... un ami de Christian... Vous étiez un ami de Christian...

Elle répétait cette phrase avec une sorte de soulagement.

— Nous étions au collège de Valvert ensemble... quand vous habitiez avenue Paul-Doumer...

— Avenue Paul-Doumer...

Elle fixait son regard sur moi.

— Je ne vous reconnais pas... Vous vous appelez comment ?

— Patrick.

— Patrick... Mais oui... Mais oui, je m'en souviens...

Elle me souriait. Elle s'est assise sur le bord du lit.

— Vous savez, je ne m'appelle plus Mme Portier... La vie est compliquée...

Et pleine de détours. Je n'aurais jamais pu imaginer qu'un soir, à Nice, je me trouverais dans une chambre d'hôtel en compagnie de Mme Portier.

— Je suis mariée maintenant... avec un vieux qui a vingt ans de plus que moi...

Elle lissait les franges du couvre-lit.

— J'ai eu des hauts et des bas...

— Et Christian ? lui demandai-je.

— Il vit au Canada. Je n'ai plus de nouvelles de lui depuis longtemps... je crois qu'il ne veut plus me voir...

— Pourquoi ?

Elle haussa les épaules.

— Il doit me reprocher des choses... Au fond, je n'aurais jamais dû avoir d'enfant... Le vieux avec qui je suis mariée ne sait même pas que j'ai eu un fils...

— Et pourquoi vous vous êtes mariée ?

C'était indiscret de lui poser une telle question, mais là, dans cette chambre, elle me dirait tout.

— Je n'avais plus un sou, figurez-vous...

Son regard bleu-gris s'éclairait d'un sourire.

— Mon mari est un vieil emmerdeur qui risque de vivre jusqu'à cent ans... Je lui sers de gouvernante... Vous vous rendez compte? Est-ce que vous m'imaginez dans ce rôle-là?

Je ne savais quoi lui répondre.

— Alors, vous voulez louer une chambre?

— Ce ne serait pas pour moi, mais pour un ami.

— Qu'est-ce que vous faites, dans la vie?

Elle me prenait de court.

— Oh... rien... j'écris des romans policiers...

— Ça ne m'étonne pas que vous écriviez... Vous étiez plutôt un rêveur, non?...

Elle se leva.

— Il faudrait que vous écriviez un roman sur moi... Ma vie est un roman qui finit mal...

Elle éclata d'un rire franc, de ce même rire que j'aimais bien du temps de l'avenue Paul-Doumer.

— Vous avez vu la chambre? C'est moche, hein? Tout est cafardeux dans cette maison... Mon mari n'a aucun goût... Et en plus il a un caractère de chien... Comme tous les vieillards...

Elle m'entraînait hors de la chambre, et me prenait le bras pour descendre l'escalier.

— Vous voulez voir mon refuge?... C'est le seul endroit où il ne vienne pas m'ennuyer...

En bordure du jardin s'élevait un minuscule pavillon carré qu'un garde ou un concierge aurait pu habiter. Elle ouvrit la porte.

— Le vieux n'a pas la clé... Quelquefois, je m'enferme ici...

Un lustre. Un lit de style Empire. Des meubles empilés les uns sur les autres. Des miroirs. Des lampes. Des valises. Un secrétaire Retour d'Egypte. Et des photographies épinglées aux murs.

— Voilà ce que j'ai pu sauver du naufrage... Tout ça était avenue Paul-Doumer...

Sur l'une des photographies, elle était toute jeune, blonde, avec une frange, les yeux très clairs, vêtue d'une combinaison de satin aux motifs de dentelle ajourée. Elle appuyait la tête contre le dossier d'un canapé et sa jambe droite, tendue, contre l'autre dossier. Sa jambe gauche était repliée. Elle portait des escarpins noirs à hauts talons.

— ... j'avais dix-huit ans... Le directeur de la Société des Bains de mer de Monaco était fou amoureux de moi... Il m'avait présenté au prince Pierre...

Une photo plus petite : Elle, à cheval en compagnie d'un autre cavalier.

— Ça c'était avec Pagnon, un ami d'Asnières. Il travaillait pour les Allemands... Il nous a fait libérer quand nous avons été arrêtés, le père de Christian et moi...

Elle ramassait l'oreiller, par terre, et tendait le couvre-lit de velours rouge sur les draps froissés.

— Les Allemands nous avaient passés à tabac... Je me demande ce qu'avait bien pu trafiquer le père de Christian... Moi, ils ont failli me briser toutes les dents...

Elle soulevait un tableau qui était posé de travers sur la table de nuit.

— Est-ce que vous voulez m'aider ? On va mettre ça au fond...

Je posai le tableau contre le mur.

— C'est un vrai débarras ici... J'ai des tas de

148

souvenirs... Si cela vous intéresse pour vos romans policiers...

— Ça m'intéresse beaucoup, lui dis-je.

— Alors, il faudra que vous veniez un après-midi fouiller là-dedans...

Nous avons traversé le jardin. Elle avait enfilé un vieil anorak rouge, très court, qui lui venait à la taille et dont la couleur tranchait sur le noir de son pantalon. Elle me désigna les cages, dans la pénombre.

— J'élève une vingtaine d'oiseaux... ça m'occupe...

— Ce n'est pas trop fatigant ?

— Oh non... j'ai fait des choses plus fatigantes que ça...

De nouveau, elle m'avait pris le bras et nous longions l'allée de graviers. Elle marchait du même pas souple et glissant qu'à l'époque de Valvert.

— J'ai même été écuyère dans ma jeunesse...

— Écuyère ?

— Si votre ami loue le studio, nous pourrons nous voir souvent...

— J'aimerais bien...

Nous étions arrivés à la grille. Elle tendit son visage vers moi.

— Vous trouvez que j'ai beaucoup vieilli ?

— Non.

Et c'était vrai que, dans la lumière voilée de la rue, ce visage redevenait lisse. En tout cas, la démarche souple et le rire n'avaient pas changé, eux.

— Je vais préparer la soupe de mon mari... Il ne m'adresse plus la parole depuis une semaine... Il m'a mise en quarantaine... De toute façon, on ne peut pas parler ensemble. Il est sourd... Il se couche à neuf heures...

— Et si je vous invitais un soir à dîner?

Elle a hoché gravement la tête.

— Oui, mais alors il faudrait que je vous donne un numéro de téléphone et une adresse où vous me laisseriez un message... Le vieux est toujours derrière moi, vous comprenez... Et il ouvre mon courrier...

Elle fouilla dans la poche de son anorak et me tendit une carte de visite.

— C'est mon coiffeur... Christian m'écrivait toujours à cette adresse...

— Dommage que nous ne puissions pas nous retrouver tous les trois, lui dis-je.

Elle appuya sa main sur mon épaule.

— Vous, vous m'avez l'air d'un drôle de rêveur...

Sur le trottoir, je me suis retourné. Elle se tenait derrière la grille, le front contre les barreaux. Elle souriait.

— N'oubliez pas... Rue Pastorelli... Condé-Coiffure...

XI

Il était neuf heures du soir et je passais devant l'une des salles d'attente de la gare du Nord.

Un visage. Le front était appuyé à la vitre de cet aquarium et le regard anxieux et las. C'était toi, Charell.

Je frappai à la vitre. Lui aussi me reconnut. Après vingt ans, nous n'avions guère changé, en tout cas pas Charell. Il s'était levé et me considérait en clignant les yeux, comme si je l'avais sorti brutalement d'un rêve. Son physique de blond distingué contrastait avec ceux des rares personnes qui avaient échoué là : un clochard endormi, la tête sur l'épaule d'une vieille femme trop maquillée en imperméable, un arabe aux joues hâves dont le costume prince-de-Galles flambant neuf lui serrait les chevilles, découvrant des chaussures de basket sans lacets. Il flottait, dans cette salle d'attente aux boiseries brunes et à l'éclairage voilé, une odeur d'urine.

— C'est drôle de te retrouver ici, mon vieux, me dit Charell.

Il faisait des efforts visibles pour paraître détendu, comme quelqu'un que l'on vient de surprendre en un lieu et à des occupations louches, et qui tâche de détourner les soupçons.

— Nous ne sommes pas obligés de rester là...

Il me prenait le bras et me guidait avec fermeté, regardant de gauche à droite, de cet œil inquiet qu'il avait tout à l'heure, derrière la vitre. Que craignait-il ? Une rencontre dont je serais le témoin ?

Par la sortie, au flanc gauche de la gare, nous débouchâmes sur une large impasse. On entendait les chuchotements et les éclats de voix de groupes d'ombres, immobiles dans l'obscurité. Nous faillîmes buter sur des corps allongés à même le trottoir, au milieu de valises et de sacs de voyage. Contre les grilles ouvertes de l'impasse, se tenaient quelques filles très jeunes en blouson de cuir, dont l'une portait un bandeau noir qui lui barrait le front et lui cachait un œil. Et toujours cette odeur d'urine.

Nous traversâmes la rue de Dunkerque. Le trafic des voitures était encore assez dense devant la gare, à cette heure-là, et tous les cafés illuminés.

— Tu habites le quartier ? demandai-je à Charell.

— Pas exactement... Je t'expliquerai...

Au coin de la rue de Compiègne, il colla son front à la vitre d'un grand café désert et moins éclairé que les autres. Il paraissait chercher quelqu'un. Mais il n'y avait personne dans la salle baignée d'une lumière vert pâle. De nouveau, il me prit le bras et nous nous dirigeâmes vers le boulevard Magenta.

— J'ai une garçonnière ici... Pour moi et ma femme... je t'expliquerai...

Nous étions au pied d'un immeuble beige sale en forme de proue, très haut, de ceux qu'on construisait juste avant la guerre. Une porte d'entrée en verre opaque. A gauche, un cinéma. On y donnait plusieurs films dont l'un avait pour titre : *Fesses chaudes*.

Une dizaine d'hommes jaillirent du cinéma au moment où nous allions entrer dans l'immeuble : costumes sombres et massifs, serviettes noires, cheveux en brosse. Ils me bousculèrent. L'un d'eux me marcha même sur le pied, d'une chaussure lourde à semelle ferrée, et ils poursuivirent leur chemin en rangs, droit devant eux, imperturbables, à la recherche, sans doute, d'une brasserie où manger quelque choucroute ou quelque waterzoi de poissons, avant de prendre le train de Roubaix.

— Drôle de quartier, dis-je à Charell, tandis que l'ascenseur montait lentement dans l'obscurité et projetait au mur de chaque palier l'ombre de ses grillages.

La porte de l'appartement était recouverte de l'extérieur d'un blindage taché de rouille. Charell s'effaça devant moi. Nous traversâmes un vestibule tendu de velours rouge où des appliques à pendeloques de cristaux lançaient une lumière trop vive. Une moquette, du même rouge que le velours.

— Par ici, mon vieux...

C'était une pièce aux murs nus dont le parquet brillait sous l'éclat de la suspension. Aucun meuble, sauf un grand canapé de cuir où dormait une fille noire d'une vingtaine d'années, enveloppée d'une couverture écossaise. L'une des deux fenêtres était ouverte et donnait sur un espace étroit entre les immeubles, de ceux qu'on appelle : puits de jour.

— Assieds-toi, mon vieux... n'aie pas peur... quand elle dort, elle dort...

Il referma la fenêtre. Nous nous assîmes à l'extrémité du canapé. Elle dormait, la tête légèrement renversée, le cou tendu. Sur le parquet, un chien de taille imposante, aux longs poils noirs et bouclés, dormait lui aussi.

— Elle est belle, tu ne trouves pas? dit Charell en me désignant la fille. Je l'ai ramassée un soir rue de Maubeuge...

Oui. Elle avait des traits doux et enfantins et le cou délicat.

— L'une des raisons pour lesquelles je loue ce pied-à-terre, me dit Charell pensivement, c'est que je préfère amener des filles ici plutôt que dans notre appartement de Neuilly... J'en ai connu une qui a emporté toute la garde-robe de ma femme...

J'attendais qu'il me donnât quelques éclaircissements. La fille s'était retournée et prononçait des mots indistincts dans son sommeil. J'admirais sa nuque.

— Ça m'arrange aussi d'avoir cet appartement, parce que je fa beaucoup de voyages dans le Nord pour mes affaires... je t'expliquerai...

Mais il ne m'expliquerait jamais rien. L'éclat de rire d'une femme a rompu le silence qui s'était établi entre nous. Un rire aigu. Il venait de la chambre voisine. Puis une voix d'homme. Et le rire se transformait peu à peu en un rire de gorge.

Quelqu'un se cognait contre la porte. Le rire s'est éteint. Des   uits de lutte ou de poursuite. Charell ne bougeait pas et avait allumé une cigarette. J'ai entendu la femme rire de nouveau. Au bout de quelque temps, des gémissements de plus en plus longs.

— Quand je parlais du Nord, dit Charell, d'un ton monocorde, je voulais dire la Belgique... j'ai quelqu'un là-bas qui s'occupe de mes affaires... Tu sais que mon père était belge... Moi aussi, d'ailleurs...

154

Il voulait sans doute distraire mon attention. Le chien a poussé quelques jappements qui étaient comme l'écho de la plainte prolongée, derrière la porte.

— Mais... tu n'habites pas vraiment ici? demandai-je.

— Non. Nous habitons Neuilly, ma femme et moi. Rue de la Ferme. Tout près de là où habitaient mes parents... Tu t'en souviens, de la rue de la Ferme?

— Oui.

— Ils ont foutu en l'air tous les manèges de la rue...

Il avait l'air accablé, brusquement.

— Beaucoup de choses ont changé, mon vieux, depuis l'époque de Valvert...

— Tu es marié depuis longtemps?

— Depuis dix ans. Tu verras, Suzanne est une femme charmante

Je n'osais pas lui demander si c'était elle qui poussait des gémissements et des râles derrière la porte. Ils s'étaient accentués puis avaient décru. Le silence. On n'entendait que la respiration régulière de la fille noire, à côté de nous, et les jappements de plus en plus espacés du chien.

La porte s'ouvrit et un homme apparut, en veste claire à carreaux, une énorme chevalière à la main droite. Un blond, grand, corpulent, à moustaches.

— Je te présente François Duveltz... un ami..., me dit Charell.

— Je ne savais pas que vous étiez là, dit l'autre.

Il allumait un cigarillo. J'étais gêné et gardais les yeux fixés sur sa chevalière et ses doigts boudinés. Il se dirigea vers la fenêtre qui donnait sur le puits de jour et se planta devant la vitre noire et opaque où se reflétait la suspension. Là, à une légère distance, la vitre lui servait de miroir. Il rajusta lentement le nœud de sa cravate.

— Qu'est-ce que tu fais, Alain ? Tu restes là ?

— Oui. Je reste là, dit Charell d'une voix sèche.

— Moi, je vais faire un tour dans le quartier pour voir s'il n'y a pas de gibier...

De quel gibier s'agissait-il ? A quelle chasse étrange pouvait-on se livrer autour de la gare du Nord ?

— Tu veux que je te rapporte du gibier, Alain ?

Il souriait, dans l'embrasure de la porte du vestibule.

— Non, merci, pas ce soir, dit Charell.

L'autre, toujours souriant, nous fit un geste de sa main gauche, celle de la chevalière, et disparut.

La porte d'entrée claqua.

— C'est un drôle de type, dit Charell. Je t'expliquerai... Tu veux du café ?

— Non, merci.

— Si, si. Un peu de café. Ça fera du bien à tout le monde... Attends-moi... je vais d'abord faire couler un bain pour ma femme...

Il passa dans la chambre voisine en laissant la porte entrouverte. La fille noire se retourna sur le côté gauche, sa tête se pencha et elle colla sa joue au rebord du canapé. Bientôt j'entendis couler l'eau d'un bain.

Je me levai et allai à la fenêtre. Des formes humaines titubaient à la sortie d'une brasserie. Militaires en permission ? D'autres se hâtaient, des valises à la main, et manquaient de se faire renverser par les voitures et les taxis qui arrivaient en trombe devant la gare. De quel genre de gibier pouvait bien parler ce type ?

Là-bas, dans l'impasse à l'odeur d'urine où nous

156

avions débouché Charell et moi en sortant de la gare, les filles se tenaient toujours contre les grilles, en sentinelles. La tache claire d'une veste, peut-être celle de ce Duveltz.

— Tu peux arrêter le bain, Alain? dit une femme, dans la chambre voisine.

La femme de Charell? Il n'avait pas entendu et le bain continuait de couler. J'avais envie de quitter les lieux, à la sauvette, mais ce n'était pas gentil pour Alain.

Je me suis assis de nouveau sur le canapé. La fille noire s'agitait dans son sommeil et elle a appuyé son pied nu contre mon genou. Un bracelet à grosses mailles entourait sa cheville. Le chien, lui, s'était réveillé, et d'une démarche pataude, venait vers moi.

*

— Tu as vu comme la rue de la Ferme a changé? me dit Charell. La maison de mes parents n'existe plus... Les manèges non plus... Tu n'as pas froid, chérie? Si tu veux nous pouvons rentrer au salon...

Il ôta sa veste et la posa avec délicatesse sur les épaules de sa femme. Nous achevions de dîner sur la terrasse de leur appartement, à Neuilly, rue de la Ferme.

Suzanne Charell était une brune aux yeux bleus. La douceur de son visage, ses pommettes, son allure gracile, son air de franchise me charmaient. Alain m'avait dit qu'elle montait souvent à cheval et cela achevait de m'émouvoir : j'ai toujours eu un faible pour les femmes qui pratiquent ce sport.

Et c'était justement aux chevaux que je pensais tandis que Suzanne nous servait le café et que la nuit tombait, une nuit tiède pour ce début d'octobre. Du temps de Valvert, les samedis de grande sortie, Alain m'invitait chez lui. Je descendais à la station de métro « Pont de Neuilly » et par la rue Longchamp, je gagnais la rue de la Ferme. Les parents de Charell habitaient un hôtel particulier, sorte de Trianon, qu'entourait comme un écrin de velours une pelouse taillée ras. Alain m'emmenait en face prendre une leçon d'équitation. Nous étions amis du fils du maître de manège et les aidions, lui et son père, avant l'heure du dîner, à inspecter une dernière fois les chevaux — ce qu'ils appelaient : faire l'écurie du soir... Le dimanche matin, très tôt, nous suivions la rue jusqu'à la Seine. Les berges et l'île de Puteaux étaient enveloppées d'une brume bleue. Le long du quai, des barrières blanches et des escaliers en colimaçon sous la verdure donnaient accès aux péniches, aux goélettes et aux petits cargos amarrés là pour toujours et qui servaient d'habitation.

— Vous connaissez Alain depuis longtemps ? me demanda Suzanne.

— Ça va faire presque vingt ans, hein, Patrick...

Nous nous étions connus à l'infirmerie du collège où nous avions été admis à cause d'une mauvaise grippe. Les fenêtres de notre chambre donnaient sur la Bièvre, dont nous entendions, la nuit, le murmure de cascade. L'infirmière s'appelait Meg. Elle nous rendait visite l'après-midi. Nous étions tous les deux amoureux d'elle et nous voulions rester le plus longtemps possible dans cette chambre. Meg avait participé à la guerre d'Indochine et là-bas, avait été l'une des rares femmes, avec Geneviève Vaudoyer, à sauter en parachute.

158

— Tu saurais encore faire marcher l'appareil de cinéma? me demanda Charell.

J'avais obtenu, après le renvoi de Daniel Desoto, que M. Jeanschmidt nommât Alain projectionniste avec moi. Vingt ans, déjà... Et pourtant, tout à l'heure, quelque chose de cette époque flottait encore dans l'air. La rue Longchamp et la rue de la Ferme étaient désertes et silencieuses. Au coin, un café moderne avait remplacé « Le Lauby » aux boiseries d'acajou, mais je n'aurais pas été étonné d'entendre un bruit de sabots de plus en plus lointain, le murmure des feuillages de bois et de sentir l'odeur d'ombre et de foin des écuries.

— Comment était Alain, il y a vingt ans? me demanda Suzanne Charell en souriant.

— Très blond et très maigre. On l'appelait Aramis.

— Lui, c'était Athos, dit Charell. Un rêveur...

Qu'étaient devenus ses parents? Son père, aux cheveux et à la moustache jaune safran, ressemblait à un major de l'armée des Indes. Avaient-ils disparu comme leur pelouse et leur Trianon? Je n'osais le lui demander.

— Tu te rappelles quand mon père nous avait emmenés à la Comédie-Française voir *Madame Sans Gêne*? me dit Alain.

Suzanne Charell avait allumé une cigarette et me regardait fixement.

— Vous montez à cheval, Suzanne? dis-je pour rompre le silence.

— Plus beaucoup.

— Tu sais que Suzanne était une fille du quartier... Elle a passé toute son enfance près d'ici, rue Saint-James...

— J'aurais pu vous connaître, il y a vingt ans, dit

159

Suzanne. Mais vous n'auriez pas fait attention à moi... J'étais trop petite... J'ai six ans de moins qu'Alain...

— A l'époque, on a peut-être croisé Suzanne dans la rue, dis-je.

Charell éclata de rire.

— Et qu'est-ce qu'on aurait pu faire ensemble, hein ?

— Je vous aurais demandé de jouer à la marelle avec moi, dit Suzanne.

Ils s'étaient rapprochés l'un de l'autre et dans leurs regards, je sentais de la sympathie pour moi, mais aussi une sorte de désarroi, de gêne, comme s'ils cherchaient des mots pour me demander de les aider ou pour me confier quelque chose.

*

Par cette nuit estivale, j'avais décidé de rentrer à pied de chez les Charell. Je marchais au hasard en regrettant de n'avoir pas posé de questions à Alain mais un engourdissement m'avait saisi : toute cette soirée passée avec eux dans la demi-pénombre de la terrasse était empreinte de la douceur d'un rêve. Et de nouveau, le long des rues vides de Neuilly, je croyais entendre le claquement des sabots et le bruissement des feuillages d'il y a vingt ans. Manèges...

J'étais arrivé au coin du boulevard Richard-Wallace, devant cette curieuse construction Renaissance qu'on appelle « Château de Madrid ». Une automobile noire s'arrêta en bordure du trottoir, juste à ma hauteur :

— Patrick...

Alain Charell passait la tête par la vitre baissée. Il n'avait pas coupé le moteur.

— Patrick, tu viens avec nous gare du Nord ?

Assise à côté de lui, Suzanne me fixait d'un regard étrange, comme si elle ne me reconnaissait pas.

— Viens avec nous gare du Nord !

Lui, ses yeux se dilataient. Ils me faisaient peur, tous les deux.

— Mais je ne peux pas, je dois rentrer...

— Vraiment, tu ne veux pas venir avec nous ?

— Un autre soir...

— D'accord. Un autre soir...

Il avait dit cela avec sécheresse et hochait la tête à la manière d'un enfant déçu auquel on refuse une sucrerie. Il démarra brutalement et la voiture fila le long de l'avenue du Commandant-Charcot. Je repris ma marche. Au bout de quelques instants, j'eus un coup au cœur. La voiture était arrêtée à une cinquantaine de mètres devant moi et sa carrosserie noire brillait d'un reflet de lune. Charell sortit, laissant la portière ouverte. Il se dirigeait vers moi.

— Tu ne veux vraiment pas venir gare du Nord à l'appartement ? Ça me ferait tellement plaisir... Et à Suzanne aussi... Tu sais, elle t'aime beaucoup...

Sur ses lèvres, l'ombre d'un sourire.

— On se sentirait un peu moins seuls, tu comprends...

Il avait enfoncé les deux mains dans les poches de sa veste, de la même manière qu'il les enfonçait autrefois dans les poches de son blazer, au collège. A ces moments-là, monsieur Lafaure, notre professeur de chimie lui reprochait de faire le « gros dos ».

— Mais explique-moi, Aramis, ce que tu peux bien foutre dans cet appartement de la gare du Nord ?

Je m'étais efforcé de prendre un ton blagueur.

— On retrouve... des amis... Enfin, si on peut appeler ça des amis... C'est un engrenage... Je t'expliquerai...

Il souriait. Il me donna une grande bourrade sur l'épaule.

— Evidemment, ce n'est pas l'atmosphère du manège de la rue de la Ferme... C'était le bon temps, hein, mon vieux... Tu me téléphones, un de ces jours...

Il se dirigeait d'une démarche nerveuse vers sa voiture. La portière claqua. Il agitait le bras, par la vitre baissée en signe d'adieu. Et moi, debout sur le trottoir, je me disais que je n'avais pas été gentil avec cet ami d'adolescence. Après tout, s'ils y tenaient vraiment, pourquoi ne les avoir pas accompagnés, lui et sa femme, gare du Nord?

*

Une nuit, vers onze heures, la sonnerie du téléphone me réveilla.

— Patrick... C'est Alain... Je te dérange?

— Non, non tu ne me déranges pas, lui dis-je, d'une voix pâteuse.

— Est-ce que tu pourrais venir nous retrouver, Suzanne et moi? C'est vraiment important... Nous avons besoin de te voir...

— Vous êtes où?

— Gare du Nord.

— Gare du Nord?

Je me sentais sans volonté, prêt à me laisser emporter par le courant, comme dans un mauvais rêve. Après tout, peut-être s'agissait-il d'un mauvais rêve.

— Alors, tu viens?

— Oui, je viens.

— Merci, Patrick. Nous sommes rue de Dunker-que, devant la gare. Dans une brasserie, à côté de l'hôtel Terminus-Nord. Tu m'entends?

— Oui.

— Ça s'appelle « A l'Espérance ». Tu m'entends?

— Oui.

— Viens tout de suite. C'est urgent.

Il l'avait dit dans un souffle, avant de raccrocher.

J'entrai. La lumière blanche me fit mal aux yeux et j'éprouvai une sensation d'étouffement à voir tout ce monde qui mangeait là, serrés à dix, à vingt, comme autour de tables d'hôtes ou de banquet. Des serveurs zigzaguaient dans le mince intervalle que les tables laissaient entre elles, et un joueur d'accordéon, égaré là, pressait d'un geste machinal son instrument dont la musique était recouverte par un brouhaha de plaintes et d'appels dont l'élan chaque fois se brisait. Je me frayai un passage à travers les tables, scrutant ces visages écarlates, ces dîneurs dont la plupart décortiquaient des fruits de mer, serviette blanche nouée autour du cou.

Suzanne et Alain étaient assis au bout d'une longue table vide, dans un coin, au fond de la salle. Les nombreux couverts de cette table n'avaient pas été desservis. Je pris place à côté d'Alain, en face de Suzanne. Elle portait un imperméable d'homme, trop grand pour elle, au col rabattu.

— Merci d'être venu, mon vieux...

De son bras, il m'entoura l'épaule et il s'y appuya. Suzanne leva vers moi un regard éteint et la pâleur de son visage m'inquiéta. Etait-ce la lumière, ou, par contraste, le noir de la banquette en moleskine, qui rendait ce visage si pâle ?

— Que penses-tu de cet endroit ? me dit Charell d'une voix faussement enjouée. L'une des dernières vraies brasseries parisiennes...

J'étais obligé de me pencher vers lui pour entendre sa voix. On aurait cru que tous ces gens qui parlaient trop fort autour de nous fêtaient une noce.

— Tu manges un morceau ?

J'avais posé à côté de moi le cadeau que je voulais offrir à Suzanne Charell depuis quelques jours, un très bel ouvrage sur le sport équestre, découvert chez un libraire de la rue de Castiglione. Mais ce cadeau me semblait saugrenu, là, au fond de cette brasserie, devant le visage pâle et crispé de Suzanne.

Elle me saisit le poignet et le serra très fort.

— Excusez-moi... Ça ne va pas du tout... Pas du tout...

— Tu te sens mal, chérie ? demanda Charell.

Elle était livide. Sa tête bascula comme celle d'une poupée de son et elle eut le réflexe d'avancer son avant-bras où son front trouva appui.

— Ne t'inquiète pas, mon vieux, me dit Charell. Ça va s'arranger.

Il souleva Suzanne par les épaules et l'entraîna vers la porte des toilettes. Je les suivais du regard, tous les deux. Ils marchaient lentement et elle s'accrochait du bras au cou d'Alain pour ne pas tomber, son imperméable flottant comme une vieille robe de chambre. Le brouhaha de la salle s'était enflé. A une table voisine, quelqu'un se levait et portait un toast, un homme aux cheveux ras, le front inondé de sueur. Je baissai la tête. La nappe de notre table était éclaboussée de taches de vin, vestiges des dîneurs qui nous avaient précédés, et sur l'assiette, devant moi, il y avait encore des restes de museau de bœuf.

Suzanne et Alain réapparurent. Il la tenait par la taille et elle marchait d'un pas plus ferme. Ils s'assirent. Le visage de Suzanne avait repris des couleurs mais ses pupilles étaient bizarrement dilatées. Celles d'Alain aussi. Elle souriait, d'un sourire extatique.

— Ça va beaucoup mieux, hein, Suzanne? dit Charell.

— Oh oui... Beaucoup mieux...

— Et si nous rentrions à l'appartement? Tu nous accompagnes, Patrick?

Dehors, Charell nous proposa de faire le tour du pâté de maisons. Il avait plu et l'air était tiède. Suzanne marchait entre nous deux, nous serrant le bras à chacun.

Nous nous sommes engagés dans le boulevard Denain, une artère calme, bordée d'arbres, qu'épargnaient l'agitation et le tumulte autour de la gare du Nord. Un autobus vide attendait et son conducteur s'était endormi au volant. De l'entrée d'un cinéma, sous le porche d'un immeuble, soufflaient des bouffées d'une musique de guitare hawaiienne.

Nous nous sommes assis sur un banc. J'ai tendu le livre à Suzanne.

— Tenez... un cadeau pour vous...

Elle me contemplait, de ses pupilles dilatées, en serrant le col de son imperméable. Elle frissonnait.

— Merci... merci beaucoup... C'est tellement gentil...

Elle a posé le livre sur ses genoux.

Elle tournait les pages et nous regardions les gravures tous les trois dans la pénombre. Suzanne et

Alain avaient toujours aux lèvres leur drôle de sourire. Ils paraissaient perdus dans un rêve.

Suzanne a fini par appuyer sa tête contre mon épaule. Certainement, ils ne voudraient pas que je les quitte et je me disais que nous allions passer la nuit sur ce banc. De l'autre côté du boulevard désert, d'un camion bâché, feux éteints, deux hommes vêtus de blouses noires déchargeaient des sacs de charbon, avec des gestes rapides et furtifs, comme s'ils le faisaient en fraude.

*

Quelque temps plus tard, un simple entrefilet dans un journal du soir :

« La nuit dernière, un industriel de Neuilly, Alain Charell, trente-six ans, a été blessé par deux balles de revolver dans un appartement meublé, 126 boulevard Magenta où il était en compagnie de sa femme et de quelques amis. Au dire des témoins, il s'agirait d'un accident. Le blessé a été hospitalisé à l'Hôtel-Dieu. »

On me pria d'attendre dans un couloir aux murs vert pâle au bout duquel se trouvait la chambre de Charell.

La porte s'ouvrit. Ce n'était pas l'infirmière mais la fille noire, celle qui dormait à côté de nous sur le canapé, la première fois qu'Alain m'avait emmené dans l'appartement du boulevard Magenta. Elle portait un tailleur élégant et je ne pus m'empêcher de penser qu'il appartenait à Suzanne.

Elle s'assit à côté de moi et me tendit une enveloppe.

— Alain m'a dit de vous donner ça... Il ne peut pas vous recevoir aujourd'hui... Il est très fatigué...

J'ouvris l'enveloppe et je lus :

« Mon cher Athos,

Ici, je n'ai rien d'autre à faire qu'à penser à l'époque où tout allait encore bien pour nous, quand nous étions tous les deux à l'infirmerie du collège, traités comme des coqs en pâte par la belle Meg...

Quelle drôle de pente, quand même, qui m'a entraîné peu à peu, en vingt ans, de cette infirmerie à l'Hôtel-Dieu...

Je t'expliquerai

      Ton

         Aramis. »

Nous sommes sortis de l'hôpital, la fille noire et moi. Elle avait attaché à un arbuste le gros chien aux poils bouclés de l'appartement du boulevard Magenta. Je l'ai aidée à délier le nœud de la laisse.

— C'est votre chien ?

— Non. Il appartient à Alain et à Suzanne mais je m'en occupe.

Elle me souriait.

— Qu'est-ce qui s'est passé ? lui ai-je demandé.

Elle hésitait à me répondre.

— Ça devait arriver... Ils font monter un peu n'importe qui dans l'appartement.

Elle haussa les épaules. Elle ne voulait pas m'en dire plus.

— Vous les connaissez depuis longtemps ? ai-je demandé.

— Non... Pas très longtemps... Ils m'ont rendu service... Ils me laissent habiter chez eux.

Peut-être se méfiait-elle de moi. Avec cette histoire de coups de revolver, on allait sans doute faire une enquête.

— Et vous, vous les connaissez depuis longtemps ?

— Alain est un ami d'enfance.

Le chien nous précédait à une dizaine de mètres, se retournant de temps en temps, pour vérifier si nous étions toujours là. Nous ne disions plus rien, nous marchions l'un à côté de l'autre. Oui, ce tailleur en tweed dont elle était vêtue, je l'avais vu, un jour, porté par Suzanne Charell.

Comme nous arrivions à la porte Saint-Denis, j'ai compris tout à coup que le gros chien bouclé nous guiderait, de son pas lourd et indolent, jusqu'au quartier de la gare du Nord.

XII

Pourquoi Marc Newman et moi allions-nous si souvent déposer une fleur sur le tombeau d'Oberkampf?

Derrière le blockhaus, un vieux mur s'élevait, protégé par des massifs de rhododendrons. Newman l'escaladait le premier et se laissait tomber. Ensuite, il m'aidait à descendre en me soutenant par la taille. L'enclos se trouvait en contrebas et le même mur, de l'autre côté, avait plus de deux mètres de haut, sans la moindre aspérité.

C'était comme de descendre au fond d'un puits. Il faisait frais, les jours de chaleur, dans ce petit jardin où Oberkampf dormait de son dernier sommeil. Le blockhaus étendait son ombre sur les massifs de rhododendrons et le mur. En bas, les feuillages d'un saule pleureur cachaient à moitié le tombeau d'Oberkampf dont le nom lui-même évoquait l'eau d'un puits, ou le marbre noir moiré d'un reflet de lune.

Newman avait découvert cet enclos secret dont nous n'osions demander à Pedro s'il était une parcelle du domaine de Valvert et, à chacune de nos équipées, nous ne savions pas si nous aurions les forces suffisantes pour escalader le mur en sens inverse.

Newman me hissait sur ses épaules et je m'installais à califourchon au sommet du mur. Je tirais Marc vers moi, de toutes mes forces. Par un rétablissement acrobatique, il passait d'un seul élan de l'autre côté du mur. Sous le choc, je risquais de basculer et de me rompre le cou.

Au retour du tombeau d'Oberkampf, nous étions comme deux plongeurs, un peu hébétés de nous retrouver à la surface.

Les nuits d'été, de notre chambre du Pavillon Vert, nous nous glissions dans la cour de la Confédération, qu'il fallait contourner le plus vite possible. En effet, nous risquions de rencontrer Pedro au moment de sa ronde, ou Kovnovitzine et son chien Choura. Et nous aurions été privés de sortie pour nous promener après l'extinction des feux.

La grande pelouse franchie, nous étions à l'abri du danger. Nous nous enfoncions dans l'obscurité du parc vers la piste Hébert et les tennis. Un chemin montait en direction du bois, et là-haut, nous escaladions le mur d'enceinte du collège. Nous traversions une clairière au bout de laquelle brillait une vague lueur d'aube et nous étions enfin parvenus en bordure du terrain d'aviation que Newman avait repéré, un jour qu'il se promenait par là.

Etait-ce une annexe de l'aérodrome de Villacoublay? Newman prétendait que non. Il avait pu se procurer une carte d'état-major et nous la scrutions à la loupe : le terrain d'aviation n'y figurait pas. Nous avions marqué d'une croix son emplacement : juste au milieu du bois.

Nous nous allongions dans l'herbe, près de la clôture de fils barbelés. Là-bas des ombres entraient dans le hangar, et à leur sortie, elles poussaient des chariots et portaient des valises. Une automobile ou un camion attendait de l'autre côté du terrain et on y chargeait toutes ces marchandises. Bientôt, le bruit du moteur décroissait. Une lumière était allumée à la façade du hangar et devant l'entrée de celui-ci, quelques personnes en tenue de mécano jouaient aux cartes autour d'une table. Ou dînaient, simplement. Le murmure de leurs conversations dans la nuit. Une musique. Un rire de femme. Et souvent, ils disposaient sur la piste des signaux lumineux, comme pour faciliter l'atterrissage d'un avion qui ne venait jamais.

— Il faudrait voir ce qu'ils trafiquent de jour, m'avait dit Newman.

Mais de jour, tout était désert et abandonné. La mauvaise herbe envahissait la piste. Au fond du hangard, dont le vent faisait trembler une tôle mal jointe, dormait la carcasse d'un vieux Farman.

XIII

Eh bien, moi, j'ai revu Newman. Un ballon de caoutchouc vert clair avait rebondi contre mon épaule. Je me retournai. Une petite fille blonde d'une dizaine d'années me regardait d'un air gêné et hésitait à venir chercher son ballon. Enfin, elle se décida. Le ballon avait glissé sur le sable à quelques mètres de moi, et, comme si elle craignait que je le lui confisque, elle le ramassa d'un geste rapide, le serra contre sa poitrine et se mit à courir.

En ce début d'après-midi, nous étions encore très peu de monde sur la plage. La fillette, essoufflée, s'assit à côté d'un homme en maillot bleu marine qui prenait un bain de soleil, allongé sur le ventre, le menton reposant sur ses deux poings fermés. Comme il avait les cheveux ras et le teint très hâlé — presque noir —, je ne reconnus pas tout de suite mon ancien camarade de Valvert, Marc Newman.

Il me sourit. Puis il se leva. Newman, à quinze ans, était, avec Mc Fowles, l'un des meilleurs joueurs de hockey du collège. Il s'arrêta devant moi, intimidé.

La fillette, son ballon contre sa poitrine, lui avait pris la main et me scrutait d'un œil méfiant.

— Edmond... C'est toi ?

— Newman !

Il éclata de rire et me donna l'accolade.

— Ça alors ! Qu'est-ce que tu fais là ?

— Et toi ?

— Moi ?... Je m'occupe de la petite...

Elle paraissait maintenant tout à fait rassurée et me souriait.

— Corinne, je te présente un vieil ami à moi... Edmond Claude.

Je lui tendis la main, et elle, à son tour, me tendit la sienne avec hésitation.

— Tu as un beau ballon, lui dis-je.

Elle inclina la tête, doucement, et je fus frappé par sa grâce.

— Tu es en vacances ici ? me demanda Newman.

— Non... je joue ce soir au théâtre... je suis en tournée...

— Tu es devenu acteur ?

— Si l'on veut, dis-je, gêné.

— Tu restes un peu dans le coin ?

— Non, malheureusement. Il faut que je reparte après-demain... Avec la tournée...

— C'est dommage...

Il avait l'air déçu. Il posa sa main sur l'épaule de la petite.

— Et toi ? Tu es pour longtemps ici ? lui demandai-je.

— Oh oui... Peut-être pour toujours, dit Newman.

— Pour toujours ?

Il hésitait sans doute à parler devant la petite.

— Corinne... va mettre ta robe, dit Newman.

La fillette hors de distance de nous entendre, Newman se rapprocha de moi.

— Voilà, me dit-il à voix basse, je ne m'appelle

plus Newman mais « Valvert »... Valvert, comme le collège... Je suis fiancé à la mère de la petite... Nous vivons dans une villa avec ma fiancée, la petite, la mère de ma fiancée et un vieux, qui est le beau-père de la mère de ma fiancée... Ça peut paraître compliqué...

Il s'essoufflait.

— Une famille très bourgeoise de Nantes... Pour moi, tu comprends, ça représente quelque chose de stable... Inutile de te dire que jusque-là, j'ai plutôt dérivé...

La fillette marchait vers nous habillée d'une robe rouge à volants. Elle avait mis son ballon dans un filet. A chaque pas, elle secouait un pied et du sable coulait de ses sandales.

— J'ai traîné mes guêtres un peu partout, me chuchota Newman, d'une voix de plus en plus précipitée. J'ai même passé trois ans à la Légion... Je t'expliquerai si on a le temps... Mais rappelle-toi... Valvert... Pas de gaffe...

Il enfila un pantalon de toile bleu ciel et un chandail de cachemire blanc avec la souplesse qu'il avait au collège. Je me souvenais de notre étonnement et de celui de Kovnovitzine, quand Newman faisait la grande roue ou qu'il montait à la corde, les jambes perpendiculaires au buste, en quelques secondes.

— Tu n'as pas changé, dis-je.

— Toi non plus.

Il prit la fillette à bras-le-corps et, d'une élégante traction des bras, la posa à cheval sur ses épaules. Elle riait et appuyait le ballon contre le crâne de Newman.

— Cette fois-ci, Corinne, pas de galop... On rentre au pas...

Nous nous dirigions vers l'esplanade du casino.

— Nous allons boire un verre, dit Newman.

Un salon de thé occupait l'aile gauche du casino, avec d'autres magasins. Nous nous assîmes à l'une des tables de la terrasse, bordée de bacs à fleurs rouges. Newman commanda un café « serré ». Moi aussi. La petite voulait une glace.

— Ce n'est pas raisonnable, Corinne...

Elle baissait la tête, déçue.

— Bon... D'accord pour la glace... Mais à condition que tu me promettes de ne pas manger de sucreries cet après-midi.

— C'est promis...

— Tu me le jures ?

Elle tendit le bras pour jurer et le ballon qu'elle serrait contre elle glissa à terre. Je le ramassai et le déposai délicatement sur ses genoux.

La fillette mangeait sa glace en silence.

Newman avait ouvert le parasol fixé au milieu de la table pour que nous soyons à l'ombre.

— Alors, comme ça, tu es devenu comédien ?...

— Eh oui, mon vieux...

— Tu avais joué dans une pièce au collège... je m'en souviens... C'était quoi la pièce, déjà ?

— *Noé* d'André Obey. Je jouais la belle-fille de Noé.

Nous fûmes pris, Newman et moi, d'un fou rire. La petite leva la tête et se mit à rire elle aussi, sans savoir pourquoi. Oui, j'avais remporté un certain succès dans ce rôle, à cause de mon corsage et de ma jupe de paysanne.

— J'aurais bien aimé te voir ce soir au théâtre, dit Newman. Mais nous restons à la villa... C'est l'anniversaire du vieux...

— Aucune importance. J'ai un tout petit rôle, tu sais...

Devant nous, en bordure de l'esplanade du casino, une affiche de notre pièce était fixée à un poteau de couleur blanche qui se découpait dans le ciel bleu comme le mât d'un voilier.

— C'est ta pièce ? demanda Newman.

— Oui.

Les caractères rouges du titre : *Mademoiselle Moi*, avaient quelque chose de gai et d'estival, en harmonie avec le ciel, la plage, les rangées de tentes sous le soleil. De nos places, nous pouvions lire le nom de notre vedette et, à la rigueur, celui de mon vieux camarade Sylvestre-Bel en caractères deux fois plus petits. Mais mon nom à moi au bas de l'affiche n'était pas visible. A moins d'utiliser des jumelles de marine.

— Et toi ? Tu vas t'installer ici ? demandai-je à Newman.

— Oui. Je vais me marier et essayer de monter une affaire dans la région.

— Une affaire de quoi ?

— Une agence immobilière.

La petite achevait sa glace et Newman caressait distraitement ses cheveux blonds.

— Ma future femme veut rester ici. C'est un peu à cause de Corinne... Pour une enfant, il vaut mieux habiter au bord de la mer qu'à Paris... Si tu voyais son école... C'est à quelques kilomètres dans un château avec un parc... Et devine à qui appartenait ce château ? A Winegrain, un ancien de Valvert...

Je ne l'avais pas bien connu, ce Winegrain, mais son nom faisait partie de la légende du collège, comme d'autres noms : Yotlande, Bourdon...

— La villa où nous habitons est derrière le casino... Dans la grande avenue... Je t'aurais volontiers invité pour prendre l'apéritif ce soir, mais le vieux est toujours de mauvaise humeur...

Il avait allongé les jambes sur une chaise et croisait les bras, dans une attitude de sportif au repos qui était souvent la sienne pendant les récréations.

— Mais pourquoi as-tu changé de nom? lui demandai-je à voix basse, après que la fillette eut quitté notre table.

— Parce que je recommence ma vie à zéro...

— Si tu veux te marier, tu seras quand même obligé de leur dire ton vrai nom...

— Pas du tout... J'aurai de nouveaux papiers... Rien de plus simple, mon vieux.

Il secoua chacun de ses pieds et les espadrilles blanches tombèrent l'une après l'autre.

— Et la petite? Elle a un père?

Elle contemplait la vitrine d'un coiffeur, un peu plus loin, très raide, très grave, le ballon entre son ventre et ses mains croisées.

— Non, non... Le père a fichu le camp... on ne sait pas où il est... Et d'ailleurs, ça vaut mieux... C'est moi le père, maintenant...

Je n'osais pas lui poser de questions. Au collège, déjà, Newman s'entourait de mystère et quand on voulait en savoir plus long sur lui — son adresse, son âge exact, sa nationalité —, il souriait sans répondre ou détournait la conversation. Et chaque fois qu'un professeur l'interrogeait pendant la classe, il se raidissait aussitôt et gardait la bouche serrée. On avait fini par mettre son attitude au compte d'une timidité maladive, et les professeurs ne l'interrogeaient plus, ce qui le dispensait d'apprendre ses leçons.

Je m'enhardis.

— Qu'est-ce que tu as fait jusqu'à présent?

— Tout, me répondit Newman dans un soupir. J'ai travaillé trois ans à Dakar dans une société d'import-export. Deux ans en Californie... J'ai monté un restaurant français... Avant tout ça, j'avais fait mon service militaire à Tahiti... Je suis resté pas mal de temps là-bas... J'ai retrouvé l'un de nos camarades de classe, à Moorea... Portier... Tu sais... Christian Portier...

Il parlait vite, avec fièvre, comme s'il ne s'était confié à personne depuis longtemps ou qu'il craignît d'être interrompu par l'arrivée d'un intrus, avant d'avoir tout dit.

— Entre-temps, j'ai pris un engagement à la Légion... J'y suis resté trois ans... J'ai déserté...

— Déserté ?

— Pas vraiment... Je me suis trouvé des certificats médicaux... J'ai été blessé là-bas et je peux même obtenir une pension d'invalidité... Ensuite, j'ai été pendant longtemps le chauffeur de Mme Fath...

Ce garçon d'apparence franche et sportive, une brume l'enveloppait, à son corps défendant. En dehors de ses qualités athlétiques, tout était vague et incertain chez lui. Autrefois, au collège, un vieux monsieur venait le chercher, les samedis de sortie ou lui rendait visite pendant la semaine. Il avait un teint de faïence, une canne, des yeux à fleur de tête et sa silhouette fragile s'appuyait au bras de Newman. Marc me l'avait présenté comme son père.

Il portait un costume de flanelle et une pochette de soie. Il parlait avec un accent indéfinissable. Effectivement, Newman l'appelait : papa. Mais un après-midi, notre professeur avait annoncé à Newman que « M. Condriatseff l'attendait dans la cour ». C'était le vieux. Newman lui écrivait et ce nom sur l'enveloppe m'intriguait : Condriatseff. Je lui avais demandé des éclaircissements. Il s'était contenté de me sourire...

— J'aimerais beaucoup que tu sois témoin à mon mariage, me dit Newman.

— C'est pour quand ?

— A la fin de l'été. Le temps de trouver un appartement par ici. Nous ne pouvons plus habiter à la villa avec le vieux et la mère de ma future femme. Moi, j'aimerais bien un appartement là-bas...

Il me désignait, d'un geste nonchalant, les grands immeubles modernes, tout au bout de la baie.

— Et ta future femme, tu l'as connue où ?

— A Paris... Quand je suis sorti de la Légion Inutile de te dire que je n'étais pas très frais. Elle m'a beaucoup aidé... Tu verras... c'est une fille formidable... A l'époque, je ne pouvais même plus traverser la rue tout seul...

Il paraissait prendre ses nouvelles responsabilités de père au sérieux et ne quittait pas la fillette du regard. Celle-ci était toujours absorbée dans la contemplation des vitrines du casino.

Il pencha sa tête vers moi et fit un mouvement du menton en direction de la rue qui longeait le flanc du casino et descendait jusqu'à la plage.

— Tiens..., me dit-il à voix basse. C'est ma fiancée et sa mère...

Deux femmes brunes de la même taille. La plus jeune avait les cheveux longs et portait un peignoir de tissu-éponge rouge jusqu'à mi-cuisses. L'autre était vêtue d'un paréo aux teintes rouille et bleu pastel. Elles glissaient à quelques mètres de nous mais ne pouvaient pas nous voir à cause des bacs de fleurs et d'arbustes qui nous cachaient.

— C'est drôle..., dit Newman. De loin, on croirait

qu'elles ont le même âge, toutes les deux... Elles sont jolies, hein?

J'admirais leur démarche souple, leur port de tête, leurs jambes longues et bronzées. Elles s'arrêtaient au milieu du remblai désert, ôtaient leurs chaussures à talon et descendaient les escaliers de la plage lentement, comme pour s'offrir le plus longtemps possible aux regards.

— Il m'arrive de les confondre toutes les deux, dit Newman, rêveur.

Elles avaient laissé quelque chose de mystérieux dans leur sillage. Des ondes. Sous le charme, je scrutais la plage en espérant les apercevoir de nouveau.

— Tout à l'heure, je te présenterai... Tu verras... La mère est aussi bien que la fille... Elles ont des pommettes et des yeux violets... Et moi, mon problème, c'est que je les aime autant l'une que l'autre.

La petite revenait vers notre table en courant.

— D'où sors-tu? demanda Newman.

— Je suis allée voir les albums de *Pomme d'Api* chez le libraire.

Elle était essoufflée. Newman lui prit le ballon des mains.

— C'est bientôt l'heure de retourner sur la plage, dit-il.

— Pas tout de suite, dit la fillette.

Et, s'approchant de Newman :

— Gérard... Est-ce que tu peux m'acheter un album de *Pomme d'Api*?

Gérard?

Elle baissait la tête, intimidée. Elle rougissait d'avoir osé lui demander l'album.

— D'accord... D'accord... à condition que tu ne

manges pas de sucreries cet après-midi... Tiens, prends-en trois, des albums... On ne sait jamais... Il faut faire des provisions pour l'avenir.

Il fouilla dans sa poche, en sortit un billet de banque froissé et le lui tendit.

— Tu me prendras *Plaisir de France*...

— Trois albums de *Pomme d'Api*? demanda la fillette, étonnée.

— Oui... Trois...

— Merci, Gérard...

Elle se jeta dans ses bras et lui embrassa les deux joues. Elle traversait en courant l'esplanade du casino.

— Tu t'appelles Gérard maintenant? lui demandai-je.

— Oui. Si on change de nom, autant changer de prénom par la même occasion...

Sur l'avenue, à notre droite, un homme apparut, le teint rouge et les cheveux gris coiffés en brosse. Il marchait d'un pas sec et régulier, vêtu d'une veste d'intérieur marron, d'un pantalon bleu, et chaussé de charentaises.

— Tiens... voilà le vieux, dit Newman. Il nous épie... Chaque après-midi, il vérifie si on est bien sur la plage... Il est encore coriace pour soixante-seize ans, tu peux me croire...

De haute taille, il se tenait très droit. Son allure avait quelque chose de militaire. Il s'assit sur l'un des bancs du remblai, face à la plage.

— Il surveille Françoise et sa mère, dit Newman. Tu ne peux pas savoir ce que ça fait, quand on se retourne et qu'on voit ce type avec sa tête de garde-chiourme...

Apparemment, il en avait froid dans le dos. Là-bas,

le vieux se levait de temps en temps, et venait s'accouder à la barre du remblai puis il s'asseyait de nouveau sur son banc.

— Une peau de vache... La mère de Françoise est obligée de supporter son beau-père parce que c'est lui qui les fait vivre, elle, Françoise et la petite.. Un aigri... En plus, il a rajouté une particule à son nom... Il s'appelle soi-disant Grout de l'Ain.. C'est un ancien agent immobilier... Tu ne peux pas imaginer l'avarice de ce type... La mère de Françoise est obligée de tenir un livre de comptes où elle doit noter le moindre bouton qu'elle achète... Il m'a mis en quarantaine... Il fait semblant de ne pas me voir... Il n'admet pas que je dorme dans la même chambre que Françoise... Dès le début, il s'est méfié de moi à cause de ça... Regarde...

Il releva brusquement la manche gauche de son chandail, découvrant une rose des vents, tatouée sur son avant-bras.

— Tu vois... Ce n'est pourtant pas méchant...

— Il faudrait que tu te maries le plus vite possible et que toi et ta femme vous alliez habiter ailleurs, lui dis-je.

Sur son banc, là-bas, le vieux avait déplié soigneusement un journal.

— Edmond... Est-ce que je peux me confier à toi ?

— Bien sûr.

— Ecoute... Elles veulent que je liquide Grout de l'Ain...

— Qui ?

— Françoise et sa mère. Elles veulent que je supprime le vieux...

Ses traits étaient tendus et une grande ride transversale lui barrait le front.

— Le problème, c'est de faire ça proprement...
Pour ne pas éveiller les soupçons...

Le ciel bleu, la plage, les tentes striées d'orange et
de blanc, les parterres de fleurs devant le casino, et ce
vieux, là-bas, sur son banc qui lisait son journal au
soleil...

— J'ai beau réfléchir, je ne sais pas comment m'y
prendre pour liquider Grout de l'Ain... J'ai essayé
deux fois... D'abord avec ma voiture... Une nuit, il
faisait un tour dehors et j'ai voulu l'écraser... comme
ça... accidentellement... c'était idiot...

Il guettait une réaction de ma part, un avis, et moi,
je hochais bêtement la tête.

— La deuxième fois, nous nous promenions sur les
rochers de Batz-sur-Mer à quelques kilomètres d'ici...
Et j'avais décidé de le pousser dans le vide... Et puis je
me suis dégonflé au dernier moment. Qu'est-ce que
tu en penses, toi ?

— Je ne sais pas, lui dis-je.

— De toute façon, je ne risque pas grand-chose...
J'aurais toujours pour moi les témoignages de Françoise et de sa mère... Nous en parlons souvent
ensemble... Elles pensent que le meilleur moyen, ce
serait de l'emmener se promener encore une fois à
Batz...

Mon regard s'attardait sur le vieux ; là-bas, qui
avait replié son journal, sortait une pipe de sa poche et
la bourrait lentement. S'appelait-il Grout de l'Ain ?
J'avais envie de hurler ce nom pour voir s'il se
retournerait. La fillette, ses albums sous le bras, un
sourire radieux aux lèvres, vint se rasseoir à notre
table.

J'étais perplexe. Cette brume d'il y a quinze ans
collait toujours à la peau de Marc Newman. Son art

de ne pas répondre aux questions précises. Mais je me souvenais aussi de ses brusques accès de volubilité, comme des jets de vapeur sous un couvercle trop lourd. Oui, comment savoir avec lui ? Condriatseff.

De vagues pensées me traversaient, à la terrasse de ce café, sous le soleil, tandis qu'une brise gonflait les tentes à rayures orange et blanches et faisait osciller l'affiche de notre pièce, sur le mât de voilier. Je me disais que le collège nous avait laissés bien désarmés devant la vie.

Elle montrait à Newman les illustrations de *Pomme d'Api,* et lui, penché au-dessus de son épaule, tournait les pages de l'album. De temps en temps, elle levait la tête vers Marc en souriant. Elle avait l'air de l'aimer bien.

XIV

Ce n'est pas une nuit comme les autres. J'ai pris le dernier train, celui de vingt-trois heures quarante-trois. Charell m'attend sur le quai. Nous traversons le hall aux guichets fermés, puis le rond-point devant la gare, dont je faisais le tour à bicyclette avec Martine et Yvon.

Nous nous engageons dans la rue, sur le trottoir qui longe le jardin public. De l'autre côté, le vent tiède caresse les lierres de l'auberge « Robin des Bois » dont le bar est encore éclairé à cette heure tardive. Charell y est entré pour acheter un paquet de cigarettes. Mais il n'y avait personne.

Nous reprenons notre marche. A gauche, sous la terrasse en béton, les portes marron à hublots du cinéma. Une avenue bordée de tilleuls monte vers la rue du Docteur-Dordaine où habitaient Martine et Yvon. L'arrêt du car. Après tant d'années, la phrase de Bordin m'est revenue à l'esprit :

— A giovedí, amici miei...

Le passage à niveau. La mairie. Et Oberkampf pensif dans sa redingote de bronze. Désormais, c'est le seul habitant du village. Nous entendons le ruissellement de cascade de la Bièvre, sous le pont.

Le portail est entrebâillé. L'allée s'ouvre devant nous, mais nous hésitons. Peu à peu, apparaissent, dans cette lumière de nuit boréale, l'infirmerie, le mât du drapeau et les arbres.

Nous entrons tous les deux. Nous n'osons pas aller plus loin que le grand platane.

L'herbe luit d'une phosphorescence vert pâle. C'était là, à cet endroit de la pelouse, que nous attendions, pour commencer le match, le coup de sifflet de Pedro. Nous étions de si braves garçons..

DU MÊME AUTEUR

Aux Éditions Gallimard

LA PLACE DE L'ÉTOILE, *roman*. Nouvelle édition revue et corrigée en 1995 (« Folio », *n° 698*).

LA RONDE DE NUIT, *roman* (« Folio », *n° 835*).

LES BOULEVARDS DE CEINTURE, *roman* (« Folio », *n° 1033*).

VILLA TRISTE, *roman* (« Folio », *n° 953*).

EMMANUEL BERL, INTERROGATOIRE *suivi de* IL FAIT BEAU ALLONS AU CIMETIÈRE. *Interview, préface et postface de Patrick Modiano* (« Témoins »).

LIVRET DE FAMILLE (« Folio », *n° 1293*).

RUE DES BOUTIQUES OBSCURES, *roman* (« Folio », *n° 1358*).

UNE JEUNESSE, *roman* (« Folio », *n° 1629*; « Folio Plus », *n° 5*, avec notes et dossier par Marie-Anne Macé).

DE SI BRAVES GARÇONS (« Folio », *n° 1811*).

QUARTIER PERDU, *roman* (« Folio », *n° 1942*).

DIMANCHES D'AOÛT, *roman* (« Folio », *n° 2042*).

UNE AVENTURE DE CHOURA, *illustrations de Dominique Zehrfuss* (« Albums Jeunesse »).

UNE FIANCÉE POUR CHOURA, *illustrations de Dominique Zehrfuss* (« Albums Jeunesse »).

VESTIAIRE DE L'ENFANCE, *roman* (« Folio », *n° 2253*).

VOYAGE DE NOCES, *roman* (« Folio », *n° 2330*).

UN CIRQUE PASSE, *roman* (« Folio », *n° 2628*).

DU PLUS LOIN DE L'OUBLI, *roman* (« Folio », *n° 3005*).

DORA BRUDER (« Folio », *n° 3181*; « La Bibliothèque Gallimard », *n° 144*).

DES INCONNUES (« Folio », *n° 3408*).

LA PETITE BIJOU, *roman* (« Folio », *n° 3766*).

ACCIDENT NOCTURNE, *roman* (« Folio », *n° 4184*).

UN PEDIGREE (« Folio », *n° 4377*).

TROIS NOUVELLES CONTEMPORAINES, *avec Marie NDiaye et Alain Spiess*, lecture accompagnée par Françoise Spiess (« La Bibliothèque Gallimard », *n° 174*).

DANS LE CAFÉ DE LA JEUNESSE PERDUE, *roman* (« Folio », *n° 4834*).

L'HORIZON, *roman* (« Folio », *n° 5327*).

L'HERBE DES NUITS, *roman* (« Folio », n° 5775).

Dans la collection « Quarto »

ROMANS

En collaboration avec Louis Malle

LACOMBE LUCIEN, *scénario* (« Folioplus classiques », *n° 147*, dossier par Olivier Rocheteau et lecture d'image par Olivier Tomasini).

En collaboration avec Sempé

CATHERINE CERTITUDE. *Illustrations de Sempé* (« Folio », *n° 4298* ; « Folio Junior », *n° 600*).

Dans la collection « Écoutez lire »

LA PETITE BIJOU (3 CD).
DORA BRUDER (2 CD).
UN PEDIGREE (2 CD).
L'HERBE DES NUITS

Aux Éditions P.O.L

MEMORY LANE, en collaboration avec Pierre Le-Tan
POUPÉE BLONDE, en collaboration avec Pierre Le-Tan

Aux Éditions du Seuil

REMISE DE PEINE.
FLEURS DE RUINE.
CHIEN DE PRINTEMPS.

Aux Éditions Hoëbeke

PARIS TENDRESSE, *photographies de Brassaï*.

Aux Éditions Albin Michel

ELLE S'APPELAIT FRANÇOISE…, en collaboration avec Catherine Deneuve.

Aux Éditions du Mercure de France

ÉPHÉMÉRIDE (« Le Petit Mercure »).

Aux Éditions de L'Acacia

DIEU PREND-IL SOIN DES BŒUFS ? en collaboration avec Gérard Garouste.

Aux Éditions de L'Olivier

28 PARADIS, en collaboration avec Dominique Zehrfuss.